DREAMBOOKS ★

무당신마

武當神魔

양경 신무협 장편소설

7

ORIENTAL FANTASYSTORY & ADVENTURE

dream
books
드림북스

무당신마 7

초판 1쇄 인쇄 / 2015년 10월 19일
초판 1쇄 발행 / 2015년 10월 29일

지은이 / 양경

발행인 / 오영배
책임편집 / 편집부
펴낸 곳 / (주)삼양출판사 · 드림북스

주소 / 서울시 강북구 도봉로 173
대표 전화 / 02-980-2112 팩스 / 02-983-0660
편집부 전화 / 02-980-2116 팩스 / 02-983-8201
블로그 / blog.naver.com/dreambookss

등록번호 / 제9-00046호
등록일자 / 1999년 3월 11일

ⓒ 양경, 2015

값 8,000원

ISBN 979-11-313-0430-3 (04810) / 979-11-313-0209-5 (세트)

* 지은이와 협의하에 인지는 생략합니다.
* 잘못된 책은 구입한 곳에서 바꾸어 드립니다.

이 도서의 국립중앙도서관 출판시도서목록(CIP)은 서지정보유통지원시스템홈페이지
(http://seoji.nl.go.kr)와 국가자료공동목록시스템(http://www.nl.go.kr/kolisnet)에서
이용하실 수 있습니다. (CIP제어번호: 2015027931)

양경 신무협 장편소설

ORIENTAL FANTASYSTORY & ADVENTURE

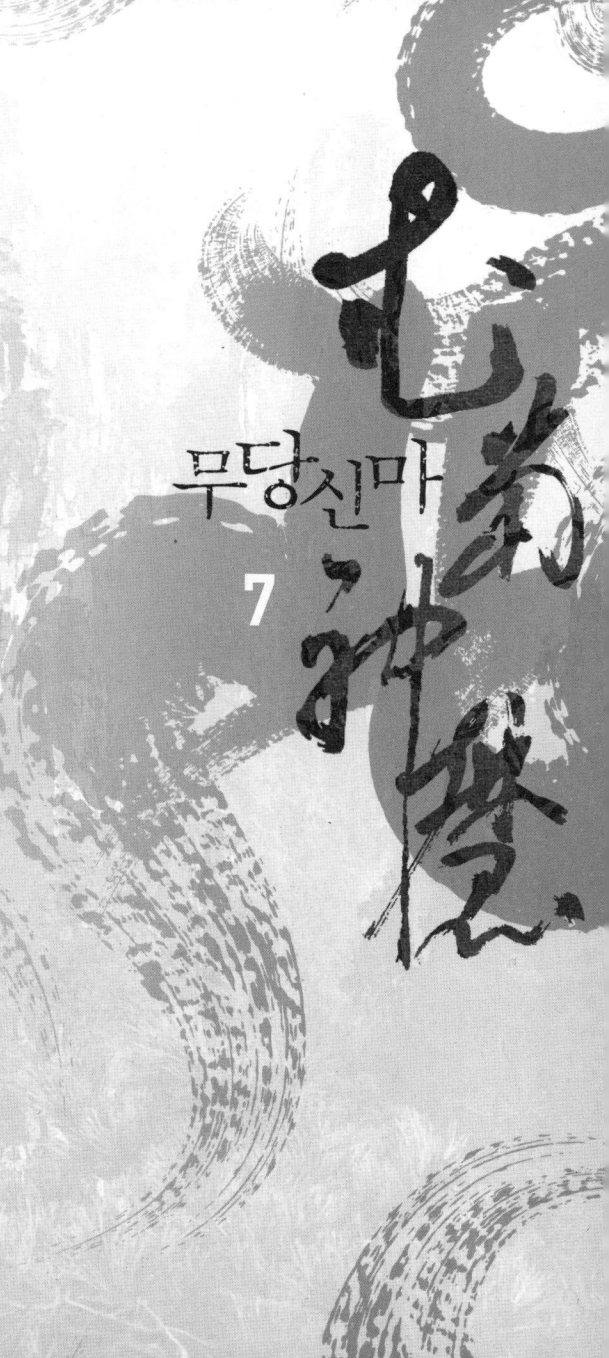

무당신마

7

dream
books
드림북스

목차

무당신마

第一章

펑!

검왕의 머리가 내리꽂혔다.

부지불식간에 일어난 일.

이현은 너무나 태연했고, 허망하게 쓰러진 검왕은 너무나 무기력했다.

"……."

좌중은 침묵했다.

작금의 현실이 와 닿지 않은 탓이리라.

그 침묵 속에서.

이현은 걸었다.

한 손에는 여전히 검왕의 머리를 움켜쥔 채다. 이현이 걸음을 옮길 때마다 검왕의 다리가 흙바닥에 질질 끌렸다.

툭! 투둑!

검왕의 머리에서 흘러내린 피가 바닥을 붉게 수놓았다.

"노, 노옴!"

남궁가의 무사들이 정신을 차렸을 때는 이미 이현의 걸음이 부맹주전의 대문 앞까지 다다랐을 즈음이었다.

정신을 차린 무사들의 얼굴에 조급함이 어려 있었다.

"거기 멈추지 못하겠느냐!"

이현이 부맹주전을 넘는 순간.

남궁세가의 자존심이 바닥으로 곤두박질치는 건 순식간이다.

남궁가의 공자들도 모자라 남궁세가를 대표하는 힘의 상징이었던 검왕까지 이현에게 패했다는 사실이 만천하에 공개되고 만다.

그렇게 되면 이현을 치기 위해 준비했던 검왕의 물밑 작업도 모두 소용없어진다.

아니, 그런 건 아무래도 좋다.

"놈! 태상가주님을 놓아 주지 못하겠느냐!"

우선은 이현에게 잡힌 검왕의 안전을 확보하는 것이 급선무다.

누가 먼저랄 것도 없이 검왕가의 무사들이 몸을 날렸다. 수백의 무인들이 이현 하나를 향해 날아들면서 일순 이현의 신형이 가려져 버렸다.

애초 검왕이 이현을 치기 위해 끌고 온 무인들이다. 하물 며, 검왕까지 이현의 손에 잡힌 이상 그들은 뒤를 생각하지 않았다.

그리고 이현은.

"……."

여전히 아무 말도 하지 않았다.

그저 달라진 것이라고는 문을 향하던 시선을 돌려 자신을 향해 몸을 날리는 무사들을 응시하는 것뿐이다.

그런 이현의 눈에 가장 먼저 몸을 날린 무사의 모습이 들 어왔다.

"노옴!"

노호성과 함께 높이 뛰어오른 그는 뛰어오른 것보다 빠른 속도로 떨어지고 있었다.

거의 수직으로 떨어지는 모양새다. 검 끝은 이현의 정수리 를 노리고 있었다.

천중낙섬(天中落閃).

남궁세가의 뇌전검법 중에서도 손꼽히는 절초다.

그리고.

일체의 방어도 섞이지 않은 동귀어진을 목적으로 만들어진 검이다.

죽이지 못하면 죽는 검.

그만큼 남궁가의 무사들의 절박한 심정이 고스란히 묻어나왔다.

남궁가의 무사가 뛰어오르는 것부터 시작해 이현의 머리 위로 떨어져 내리는 것은 찰나의 순간에 일어난 일이다.

"......."

정수리를 향해 찍어 내려오는 쾌검을 보고서도 이현은 검을 뽑지 않았다.

대신에.

"헙!"

손에 쥔 검왕을 들어 올렸다.

이현의 머리 위로 떨어지던 무사의 검로를 검왕의 머리가 가로막았다.

기겁한 무사가 다급히 검로를 틀었지만, 그것이 이현이 노리는 바였다.

이현은 무사가 검로를 비트는 것과 동시에 팔을 휘둘렀다.

아니.

검왕을 휘둘렀다.

펑!

피 분수가 허공에 튀어 올랐다.

이현의 정수리를 향해 검을 찍어 들어왔던 무사의 신형이 힘없이 바닥으로 떨어져 내렸다. 그런 무사의 머리는 사라져 있었다.

마치 검처럼 검왕의 머리를 쥐고 휘두른 이현의 동작에 검왕의 발끝이 무사의 머리 어림을 스치고 지나간 이후에 벌어진 일이다.

십단금.

무당의 무공이라고는 믿을 수 없을 만큼 강한 살상력을 가진 무공.

그렇기에 이현이 흔히 쓰곤 했던 그 무공을 검왕을 매개로 펼쳐 낸 것이다.

"무, 물러서라!"

"태상가주님을 상하게 하지 마라!"

이후로도 상황은 같았다.

이현은 덤벼드는 무사들을 향해 검왕을 검처럼 휘둘렀다. 이 순간만큼은 검왕은 전가의 보도였다.

자칫 검왕의 안전을 위협할지도 모르는 상황에서 남궁가의 무사들이 제대로 된 공격을 펼쳐 낼 수 있을 리 없었다.

벌 떼처럼 달려들었던 무사들이 오히려 이현의 동작 하나하나에 다급히 물러서기 여념이 없었다.

퍼석!

그사이에도 벌써 몇 명의 희생자가 발생했는지 헤아릴 정신도 없었다.

이현은 그 짧은 순간에도 이 전황을 주도 할 수 있는 가장 큰 무기가 무엇인지 정확히 파악하고 있었다.

그러나 남궁세가의 무인들도 마냥 일방적으로 휘둘리지만은 않았다.

"오(五)조! 산화(散花)!"

그 소리와 함께 열 명의 무인들이 이현을 향해 달려들었다. 손에 쥔 검도 놓아 버리고 맨몸으로 달려드는 그들은 부나방 같았다.

말 그대로 산화.

피지 못하는 꽃.

목숨을 대가로 적의 생명을 빼앗은 동귀어진도 아닌, 그저 덧없이 목숨을 내던지는 행동이다.

퍽!

이현은 내던지는 그들의 목숨을 거두었다.

그사이.

"풍운벽검진(風雲霹劍陣)을 펼쳐라!"

남궁가의 무인들은 또 다른 움직임을 펼치고 있었다.

이현을 중심으로 겹겹이 둥글게 둘러싸 포위한다. 회전하고 유기적으로 자리를 교대한다.

다수의 약자가 한 사람의 강자를 잡기 위해 고안된 차륜 (車輪)진의 일종이다.

백여 명의 무사들이 내뿜는 기파가 아지랑이처럼 대기를 일그러뜨렸다. 그리고 이현의 전신을 짓눌렀다. 그 효과는 일 전에 오검연 비무에서 남궁창위가 펼쳤던 제왕검공 중 하나 와 닮아 있었지만, 그보다 강력했다.

뿌득!

그 압박에 이현의 두 발이 한 치나 땅속에 파묻혔다.

당연하다.

아무리 이현의 무위가 전성기의 혈천신마를 뛰어넘었다고 는 하지만, 그는 일인이다. 백여 명의 무사들이 전력을 다해 쏟아낸 공력과, 이현의 공력의 양이 같을 수는 없다.

앞서 무방비로 목숨을 내던진 무사들의 행동은 바로 이 풍 운벽검진을 펼칠 시간을 벌기 위한 초석이었다.

하지만 그뿐이다.

고작 이현의 양발이 땅에 한 치 정도 박혔을 뿐이다.

풍운벽검진에 의지해 내뿜는 백여 명의 공력에 짓눌려 패 퇴할 것이었다면, 애초에 중원일통은 불가능한 망상에 불과 했다.

그러나 이현은 해냈다. 아니, 혈천신마는 해냈었다.

역사상 누구도 하지 못했던 중원일통을.

망상이 아닌 현실로 그 대업을 이루어 냈었다.

그런 혈천신마가 해낸 일을 지금의 이현이 하지 못할 리 없다.

"……오랜만이군."

오히려 싸움이 시작된 이래 처음으로 이현의 입가에 웃음이 걸렸다.

풍운벽검진은 이미 혈천신마 때 지겹게 겪어 봤다.

이렇게 다시 보게 되니 도리어 반가울 지경이다.

"그럼? 어디 한번 시험해 볼까?"

쑥!

선두 무사 하나가 검을 뻗기 무섭게 이현은 장난처럼 검왕을 마주 내뻗었다.

그대로 있다가는 검왕의 다리가 잘려 나갈 판.

챙!

두 번째 열에서 검이 뻗어 나왔다.

선두 열에서 내찌른 검이 전형적인 중검이라면, 두 번째 열에서 내뻗은 검은 전형적인 쾌검이다.

그 쾌검이 선두 열에서 내뻗은 검로를 바꾸었다.

그리고 이현의 사각에서 검이 쏘아져 온다.

붕! 붕!

그런 공격에 이현은 본인을 중심축으로 삼아 원을 그리며 검왕을 휘둘렀다.

차차차차창!

그럴 때마다 두 번째 열에서 뻗어 나온 검들이 선두 열이 내뻗은 검들을 쳐 내며 검로를 바꾼다.

그에 맞춰 이현을 짓누르는 풍운벽검진의 기운도 시시각각으로 변화한다.

자의적인 부딪침으로 변수를 만든다.

인의로 만든 혼돈이다.

예측하기 힘든 변수는 새로운 활로를 모색하고 적의 손발을 어지럽힌다.

"역시!"

그대로다.

이현이 기억하고 있는 풍운벽검진과 같다.

그렇다면 그 해답은 간단하다.

"그래 봤자 차륜진이지."

돌아가는 수레바퀴다.

수백의 인원은 그 수레바퀴를 구성하는 부품이다.

맹렬하게 회전하는 수레바퀴처럼 회전하며 소수의 적을 몰아치고 숫자로 밀어붙여 압살시키는 검진이다.

그저 그 수레바퀴에 칼날을 붙였을 뿐이다. 다만, 그 방향이 수레바퀴 바깥이 아닌, 안이라는 것이 차이라면 차이다.

어찌 되었든.

적을 베고 찌른다기보다는, 갈아 버리는 검진이다.

태생이 그랬다.

거기에 백여 명의 기운이 짓누르는 압박감이나, 인위적으로 만들어 내는 혼돈은 그저 그 태생에서부터 파생돼 발전된 결과물에 불과했다.

해답은 간단하다.

"달리던 수레바퀴 바퀴살이 부서지면?"

스확!

검을 뽑았다.

뽑혀 나온 검이 만들어 낸 은빛 궤적이 길게 꼬리를 늘어뜨린다.

동시에 신형을 쏘아 냈다.

단신으로 백여 명이 만들어 낸 거대한 수레바퀴를 향해 달려드는 이현의 움직임에는 한 치의 망설임도 깃들어 있지 않았다.

코앞까지 닿은 검을 보고도 태연히 앞으로 나아갔다.

그렇게 서로의 얼굴이 맞닿을 만큼 가까워졌을 때.

쿠웅!

진각을 밟았다.

지축이 뒤흔들릴 만큼 강력한 진각과 함께, 뽑았던 검을 선두 열의 회전 방향을 거스른 역방향으로 휘둘렀다.

　진이 출렁인다.

　"대비하라!"

　남궁가의 무사들이 위치를 이동해 다시 이현을 진의 중심으로 가두어 놓으려고 했지만, 이미 늦었다.

　쿠웅!

　또 진각을 밟는다. 다시 검을 휘두른다.

　이어진 일련의 동작이 이현의 몸을 한 바퀴 회전하게 했다.

　그렇게.

　쿠웅!

　한 바퀴.

　쿠웅!

　다시 한 바퀴.

　몸을 회전한다.

　풍운벽검진이 안으로 검이 난 수레바퀴라면, 이현은 밖으로 검이 난 수레바퀴다.

　크고 작은 두 바퀴가 부딪치며 균열을 만든다.

　그 속에서 이현은.

　푹!

　휘두르던 검을 바닥에 꽂으며 공력을 실어 넣었다.

콰가가가가각!

이현을 중심으로 대지가 솟구쳤다.

혼원살신공 후 제일초.

절류(絕流).

정해진 형태가 있는 멸세와 달리, 절류은 형태가 없다.

그저 하나의 특성만 있을 뿐이다.

흐름을 끊어 버리는 것. 반복되는 규칙을 지워 버리는 것.

그리고.

부서졌다.

퍼버버버벅!

이현의 반발을 억누르기 위해 더욱 맹렬하게 회전하던 남
궁가의 풍운벽검진의 중심에 솟아난 대지는.

질주하는 수레바퀴 속에 끼어든 창 한 자루와 같았다.

창은 부러질지언정.

수레바퀴의 바퀴살도 무사할 수는 없다.

눈앞에 치솟은 대지를 보고서도 멈출 수가 없다. 이미 관
성이 붙어 버려 앞에서 멈추고자 해도 뒤에서 전해지는 압력
에 밀려 부딪쳐야 한다.

부서지고 터져 나가야 한다.

갑자기 치솟은 토벽에 으스러진 무사의 피와 살점이 허공
에 튄다.

바퀴살 하나가 부서졌다.

그 다음은 쉽다.

온전하지 못한 바퀴가 제대로 굴러갈 리 없고, 구르지 못하는 바퀴는 쓰임이 없다.

이현은 부서진 풍운벽검진 속에서 마음껏 날뛰었다.

그의 어깨를 짓누르던 백여 명의 무인들이 내뿜던 압박감은 사라진 지 오래다.

거슬릴 것 없다.

피슉!

무사의 목울대에 찔러 넣은 검을 뽑아 들자 피 화살이 치솟는다.

펑!

뒤이어 스치듯 지나간 무사 하나는 몸속에 스며든 십단금의 기운에 돌연 머리가 터진 채 바닥에 꼬꾸라져 버린다.

푹!

찔러 들어오던 무사의 검을 쥔 손목을 겨드랑이에 끼고 팔을 뱀처럼 휘감아 역수로 쥔 검을 뒷목에 꽂아 넣었다.

기도와 척추를 관통한 검에 근육이 경직된 무사를 그대로 붙들어 반원을 그리며 돌았다.

추확!

여전히 이현의 겨드랑이 사이로 삐죽 솟은 무사의 검이 다른 무사의 목을 베고 지나갔다.

이현은 그제야 붙들고 있던 무사를 털어 내듯 던져 버렸다.

그리고.

퍼퍼퍼펑!

날아가던 무사의 시체가 터져 나갔다.

전신이 터져 나가는 무사의 시체로 인해 이현을 향해 달려들던 이들의 기세가 주춤한다.

그사이 이현은 또 다른 이의 목숨을 거두고 있었다.

다수와의 싸움이었으나, 싸움이 시작된 이래 상황을 주도하는 것은 언제나 이현이었다.

그리고 이현은.

너무나 태연한 표정이었다.

혈천신마라 불리던 그 순간부터 다수와 싸워야 했던 일이 잦았다. 그런 이현에게 남궁가 무사들과의 싸움은 이미 경험해 봤던, 너무나 익숙한 싸움 중 하나에 불과했다.

애초부터 결과는 정해져 있었다.

검왕이 이현의 손에 붙잡힌 순간부터. 남궁가의 무인들이 풍운벽검진을 펼치는 순간부터.

아니, 처음부터 이현은 그들의 행동과 결정을 강요하고 있었다.

일일이 쫓아가 죽이는 것보다.

그것이 더 간단했으니까.

이현의 검이 지날 때마다 피가 솟구쳤다. 백여 명이 넘는 무인들의 몸에서 쏟아져 나오는 핏줄기에 붉은 피 안개가 일어났다.

그리고.

푹!

이현은 마지막 남은 남궁가 무사의 턱밑으로 검을 찔러 넣었다.

턱밑으로 찔러 들어간 이현의 검 끝이 머리를 관통해 정수리 위로 삐죽 솟아났다.

끝이다.

더 이상 이현을 향해 검을 겨눌 수 있는 사람은 없다.

"……."

허나, 이현은 전혀 만족스러운 표정이 아니었다.

오히려 온몸에 피를 뒤집어쓴 채 미간을 찌푸리고 서 있었다.

"……답답하군."

그것이 전부다.

백여 명이 넘는 남궁세가의 정예를 몰살시키고 내뱉은 감상은 그뿐이었다.

그리고.

이현은 검을 휘둘렀다.

쾅!

검 끝에 꿰뚫렸던 무사의 시체가 날아가 부맹주전 대문을 박살 냈다.

화악!

열린 대문으로 바람이 밀려들어 와 부맹주전에 가득 찼던 혈향을 밀어냈다.

찰박! 찰박!

이현은 걸음을 옮겨 대문 밖으로 나섰다.

한 손에는 싸움이 시작된 이래 여전히 손에서 놓지 않았던 남궁성왕의 머리를 움켜쥔 채였다.

"부, 부맹주가 검왕을 죽였다아!"

피칠갑을 한 채 부맹주전을 나선 이현의 모습에, 이현과 같이 피투성이가 되어 끌려 나온 검왕의 모습에.

무림맹이 뒤집혔다.

＊　　　＊　　　＊

"젠장! 젠장! 젠장!"

입으로 쉴 새 없이 욕설을 내뱉는 옥분은 다급히 달렸다.

부맹주전 바닥에 널브러진 남궁세가 무사들의 시신은 눈에도 들어오지 않았다.

그런 것에 일일이 관심을 두기에는 사안이 심각했다.

이현이 미쳐 날뛰었다.

벌써 무림맹은 뒤집어졌고, 무림맹의 모든 전력이 미쳐 날뛰기 시작한 이현을 저지하기 위해 집결하고 있다.

그런 마당에 남궁가 무사들의 시신이 눈에 들어올 리 없었다.

그럼에도 이현이 아닌 부맹주전으로 향한 것은.

확인하기 위해서다.

'장한곤이 보내온 소식이 사실이라면……!'

적조의혈단에게 떨어진 첫 임무를 위해 파견 보낸 장한곤이 오늘 전해 온 소식이 있다.

어쩌면 지금 이현이 날뛰는 원인이 그 소식과 연관된 것일지도 몰랐다.

그건 절대 가볍게 입에 올릴 수 있는 소식이 아니다.

벌컥!

장한곤은 거칠게 이현의 방문을 열어젖혔다. 다급히 방안을 훑는다.

그곳에 있었다.

탁자 아래로 굴러떨어진 구겨진 서찰이.

급히 서찰을 펼쳐 읽어 내려갔다. 서찰을 모두 읽는 덴 그리 오랜 시간이 걸리지 않았다.

서찰에 적힌 글귀는 그만큼 짧고 간단했으니까.

하지만.

"아⋯⋯!"

옥분은 눈을 질끈 감았다.

글귀는 짧았을 간단할지언정 내용은 간단하지 않다.

짐작대로다.

오늘 장한곤에게서부터 전해진 서찰과 같은 내용이 그 안에 담겨 있었다.

'이미 청수진인께서 타계하셨다는 걸 알고 계셨다!'

갑작스러운 폭주를 일으킨 이현은 이미 청수진인의 죽음을 알고 있다.

짐작이 확신이 된다.

기쁘진 않았다.

꽈악!

다만 더욱 조급해졌을 뿐이다.

주먹을 말아쥔 옥분은 다급히 달려 나갔다.

"말려야 한다!"

지금 이 순간 옥분의 머릿속에는 오로지 그 생각만이 가득했다.

"젠장! 그렇게 싫다고 노래 부를 때는 언제고!"

*　　　*　　　*

이현은 자신의 앞을 가로막은 무림맹 무사들을 응시했다.
많다. 좀 전에 상대한 남궁가의 무사들과는 비교하기 어려울
만큼.

"시, 심마에라도 빠지신 것입니까! 아, 아니면? 대체 왜 이
런 짓을 저지르셨단 말입니까!"

앞을 막아선 무림맹 측에서 쉰쯤 되어 보이는 대머리 무사
하나가 걸어 나와 질문을 던졌다.

얼핏 기억이 나는 것이 처음 무림맹에 입성할 때 수군대던
놈 중 하나인 듯싶다. 아마, 무림맹 내에서의 직위도 결코 작
지 않으리라.

"……."

이현은 그의 물음에 대답하지 않았다.

대신, 여태껏 끌고 다니던 검왕을 물끄러미 내려다보았다.

"……재수 없는 놈!"

돌부리에 걸려 넘어져 개 망신당하는 것처럼. 뜬금없이 문
지방에 발가락을 찧고 방바닥 굴러다니는 것처럼.

그저 운이 없었을 뿐이다.

검왕의 손자인 남궁방위와 악연으로 엮였던 순간에도 그랬고, 오늘 검왕이 찾아온 순간도 그랬다.

그냥 재수 없게도 그 순간 기분이 더러웠다.

또 재수 없게도 답답했다.

이유는 모른다. 알고 싶지도 않다.

그냥 그래서 나왔다.

그냥 산책이나 할까 싶어서.

검왕은 재수 없게 그때 문 앞에 가솔들과 함께 칼 들고 서 있었을 뿐이다.

운 없게도 그때 또 도발을 해 왔을 뿐이다.

그래서 그의 식솔들을 죽였다. 그 순간 잠깐 기분 전환이 되는 것 같았지만, 다 죽여 버리고 나니 또 재수 없게 기분이 더러워지고 답답해졌다.

그래서 부맹주전을 나섰다.

처음 목적 그대로 산책이나 하면서.

와중에 아직 검왕이 살아 있는 것도, 검왕의 얼굴을 움켜쥐고 질질 끌고 다닌 것도.

그냥 손이 허전해서다.

하필 재수 없게 그런 감정을 느끼고 있을 때 검왕의 얼굴을 움켜쥐고 있었을 뿐이다. 덕분에 검왕은 이 개망신을 당하고 죽지도 살지도 못한 채 이렇게 끌려다니는 것뿐이다.

'다 그렇지 뭐. 세상이……'

다 그렇고 그런 세상이다.

산적 놈들한테 부모 잃고 고아에 노예 소년이 되어 신강까지 끌려간 놈도, 그런 주제에 목숨은 질겨 또 살아남은 놈도, 힘을 얻고 이제 좀 멋대로 살아가려는데 여기저기서 시비 걸어와서 치고받고 싸우고 죽인 놈도, 그러다 정신 차려보니 잘하는 건 사람 죽이는 일밖에 없는 놈도.

그런 놈한테 죽은 놈이나, 그런 놈한테 굴복한 세상이나.

'그런 놈이 자기 제자인 줄 알고 술 마시며 웃던 등신 같은 노인네도.'

다 세상이 그런 세상이라서다.

재수 없어서다.

답답해졌다.

전보다 더.

"비켜."

물끄러미 내려다보던 검왕에게서 시선을 돌려 앞을 막아선 인간들에게 말했다.

"대체 왜 이런단 말입니까! 이유를 말해 주십시오."

그러나 그놈의 왜만 부르짖는 이놈의 무림맹의 대머리는 좀처럼 분위기 파악을 할 줄 모르는 눈치였다.

"……"

이현은 대답 없이 고개가 삐딱하게 꺾었다.

"이제 이만하면 되지 않았습니까! 왜 같은 정파의 식구인 검왕께 이런 수치를 준단 말입니까!"

비킬 생각은 안 하고 자꾸 입만 떠벌려 댄다.

'재수 없게도.'

짜증이 밀려온다.

가뜩이나 더러운 기분에 답답함만 가득한데.

스륵.

피 묻은 검을 힘없이 늘어트렸다.

그리고.

착!

순간 늘어트렸던 검을 잡은 손에 힘이 들어갔다. 이현의 안광이 번뜩였다.

"재수 없어서."

"예?"

갑작스럽게 읊조린 나지막한 말에 아까부터 시끄럽게 떠들어 대던 대머리 무사의 얼굴에 의문이 떠오른다.

그의 반문에 이현은 다시 답했다.

"재수 없어서라고."

그것이 그와 지금 이현의 앞을 막아선 무림맹 무사들이 죽어야 할 이유다.

재수 없게 길 막고 짜증 나게 만들었다.

'억지라도 상관없지. 원래 이랬다!'

그런 이유로 죽였다. 혈천신마 때 그의 손에 죽어 간 이들은.

그러니 신마다.

"무, 무슨 말씀이신진 모르겠지만, 우선 검왕부터 놓아 주시지요!"

무림맹의 대머리 무사의 요구에.

"소원이라면."

툭!

일단 손에 쥔 검왕을 먼저 던져 버렸다. 죽은 사람 소원도 들어준다는데 곧 죽을 사람 소원쯤이야 못 들어줄 이유는 없었다.

물론.

"아! 살려서 달라는 말은 없었지?"

벌써 몇 번이나 칼을 디민 검왕을 살려서 돌려줄 생각은 없었다.

펑!

검왕의 몸이 허공에서 터져 나갔다.

찢어진 육편이 사방으로 흩뿌려지고 붉은 피가 대지를 적신다.

그리고.

스륵!

늘어트렸던 이현의 검이 사선으로 올라가기 시작했다.

소원은 들어주었으니, 이제 죽이는 일만 남았다.

이현의 검 끝에 세상이 서서히 갈라지고 있었다.

혼원살신공 제이초.

멸세가 무림맹을 향해 펼쳐지기 시작했다.

그때였다.

"그만! 그만하십시오!"

이현을 붙들어 세우는 익숙한 목소리가 있었다.

옥분이다. 고개를 돌리니 부맹주전이 있는 방향에서부터 옥분이 뛰어오고 있었다. 본디 출신이 말 타고 달리는 마적인지라 경신술이 일천한 옥분의 얼굴은 이미 벌겋게 달아올라 있었다.

전력을 다해 뛰었으리라.

그런 옥분에 의해 이현의 움직임이 멈춘 사이.

옥분은 전력으로 뛰어와 이현의 팔을 붙잡았다.

"그만하십시오!"

두 눈을 마주한 옥분의 얼굴에는 절실함이 담겨 있었다.

"······."

하지만 이현은 대답하지 않았다.

옥분을 향했던 고개를 다시 앞을 막아선 무림맹 측을 향해 돌렸을 뿐이다.

멈췄던 검이 다시 움직이기 시작했다.

옥분의 완력으로는 이현의 손을 묶을 수 없었다. 검은 너무나 자연스럽게 사선으로 올라가고 있었다.

하지만.

"장례는! 장례는 치러야지요! 향 하나는 꽂아 드려야지요! 술 한 잔은! 술 한 잔은 올려 드려야지요!"

이어진 옥분의 말이 이현의 손을 또다시 붙잡았다.

이현은 가만히 옥분을 응시했다. 여전히 살기로 번들거리는 눈이다. 그럼에도 옥분은 그런 이현의 시선을 피하지 않았다.

탱그랑.

검을 놓아 버렸다.

"기분 잡쳤다."

기분이 더 더러워졌다. 그래서 이제 누굴 죽이고 자시고 할 마음도 들지 않는다.

'재수 없게도.'

이현은 돌아섰다.

오늘 산책은 이 정도 선에서 끝내는 것이 좋겠다 싶었다. 산책하고 싶은 의욕도 없어졌다.

그런 이현의 등 뒤로.

"이유가! 이유가 무엇인지만 말씀해 주십시오! 검왕을 살해하셨습니다! 그 이유라도 말씀해 주시지 않으신다면……!"

자신이 죽을 뻔했다는 사실도 모른 채, 여전히 눈치 없는 무림맹의 대머리는 아직도 이유 타령이다.

이현은 그가 그토록 원하는 이유를 이야기해 주었다.

"칼 들고 찾아왔더군. 식솔들 이끌고."

틀린 말은 아니다.

결정적으로 재수가 없었다는 이유를 제외한다면 가장 확실한 이유다.

* * *

검왕이 죽었다. 백여 명의 남궁가의 무사들도 몰살당했다.

정파의 중심인 무림맹에서 벌어진 비극이다.

그러나 공교롭게도 누구도 원흉인 이현을 비난할 수가 없었다.

먼저 칼을 들고 찾아온 건 검왕이다. 그리고 그가 이끌고 온 남궁가의 무인들이었다.

바보가 아닌 이상 그건 명백한 적의다.

이현은 그런 상대를 죽였을 뿐이다.

아무리 정파라도 무림은 무림이다.

무림의 무림인은 자신을 죽이고자 찾아온 손님을 멀쩡히 돌려보내지 않는다. 아무리 같은 정파라는 울타리 안에 있다 할지라도 그건 변하지 않는다.

그러니 검왕과 남궁세가의 무인들을 죽인 이현을 욕할 수 있는 사람은 아무도 없다.

다만, 이현의 대응이 지나치게 잔인하고 과했다는 비난은 어쩔 수 없을 것이다. 적어도 검왕이 죽을 당시엔, 검왕은 이미 전투 능력을 상실한 이후였으니까.

하지만 그조차도 이현을 비난할 수 없다.

검왕이 죽었기 때문이다.

태극검제 청수진인마저 타계했다. 도왕은 이현에게 패해 요양을 해야 하는 처지고, 이제 검왕은 죽었다.

실질적으로 정파 무림에 무림맹주를 제외한다면 전투가 가능한 유일한 인간은 이현밖에 없다.

검왕의 죽음 이후 이현의 무림맹 내 비중이 더욱 커져 버린 것이다. 아니, 이젠 이현에게 의지할 수밖에 없는 상황이 되어 버렸다.

그러니 비난이 있을 수 없다.

피해 당사자인 남궁세가를 제외한다면.

적어도 겉으로 드러나기에는 그랬다.

무림맹은 이현의 눈치를 보고 있었다.

그리고 정작 이현은.

"대체 무슨 생각으로 그 난리를 치신 겁니까!"

옥분에게 질문을 받고 있었다.

"그냥. 기분이 더러워서."

이현은 솔직히 대답했다. 실제로 그러했으니 대답하는 데 고민이 있을 턱이 없다.

"역시…… 검제께서 돌아가신 일 때문에…….""

그런 이현의 대답에 옥분이 고개를 주억거렸다.

그러나 이번엔 이현이 눈을 부릅떴다.

"미쳤냐? 검제? 누구? 그 비실비실한 영감탱이? 그 영감 뒤졌는데 내가 왜 기분이 더러워! 내가 그 인간한테 당한 걸 생각하면……!"

무슨 말도 안 되는 소리를 지껄이고 있느냐는 눈으로 바라보는 이현의 시선에 옥분은 황당해져 버렸다.

"그럼 왜 기분이 나쁘셨는데요?"

옥분의 상식으로는 청수진인이 죽은 것 말고는 이현이 기분 나쁠 일이 없었다.

하긴, 기분 나쁜 일이 있을 리가 없다.

하는 일이라고는 맨날 놀고먹고 무위도식하는 일이 전부인데, 대체 그 일들 중 어디에 기분 나쁜 일이 있단 말인가.

하지만.

그런 옥분의 물음에 이현은 턱을 긁적이며 사뭇 진지하게 고민했다.

"그러게? 내가 왜 기분이 더러웠지? 아침 식사가 입에 안 맞았나?"

"그게 말이 됩니까? 맛있다고 잘만 잡수신 분이? 두 그릇 드셨습니다! 혼자 두 그릇! 반주로 술만 다섯 병을 비우셨고요!"

옥분은 정확하게 기억하고 있었다.

아침에 이현은 참 잘 먹었었다. 언제나처럼 술도 잘 마셨었다.

역시 부맹주 하길 잘했다고 말했던 것도 기억한다.

"그리고! 청수진인께서 돌아가신 것 때문이 아니면? 서찰은 대체 왜 구기셨는데요?"

무엇보다 빼도 박도 못할 결정적인 증거가 바로 구겨진 서찰이다.

청수진인의 죽음을 전한 비보가 아니었다면, 굳이 서찰을 구길 이유는 없었다.

확실한 증거를 들이미는 옥분의 물음에 이현은 그제야 생각났다는 소리쳤다.

"맞아! 그 서찰 때문이었어!"

"그렇지요? 역시 진인께서……."

"서체가 마음에 안 들어! 하여간 청화 그년은 글씨도 더럽게 못 쓴다니까? 내가 그년 글씨체 때문에 기분이 더러운 거였어! 음! 맞아!"

그러고는 짐짓 확실하다는 듯 심각한 얼굴로 고개를 끄덕인다.

지켜보는 옥분으로서는 어처구니가 없을 따름이다.

"그럼 장례식은 안 가시겠네요? 어차피 진인께서 돌아가신 것 때문에 이 난리 치신 것이 아니면……!"

"무슨 소리야? 당연히 가야지!"

옥분의 말에 이현이 펄쩍 뛰었다.

그런 반응에 옥분은 씨익 미소를 지었다.

"그럼 역시 진인 때문에……."

그가 놓은 덫에 이현이 제 발로 걸어 들어왔다 여긴 탓이다.

하지만.

"술 마시러 가야지! 안 가긴 왜 안가? 술은 역시 상갓집에서 마시는 술이 진국이지!"

이현의 정신세계는 여전히 옥분의 상식선을 넘나들고 있었다.

맹주는 시종일관 웃음을 잃지 않았다.

"부맹주가! 부맹주가 검왕을 살해하였습니다!"

처음 검왕의 죽음의 그의 귀에 전해졌을 때도,

"남궁세가가 부맹주의 처벌을 요구하고 있습니다. 이를 수용하지 않을 시 맹을 탈퇴하는 것도 불사하겠답니다!"

시간이 흘러,

검왕의 죽음 이후에 이어진 남궁세가의 강한 반발에도,

"일각에서는 이번 일이 맹주님의 실책에서 비롯된 일이라고 하는 목소리가 있습니다. 이유야 어찌 되었든 그가 부맹주의 자리에 오른 것은 맹주님의 강력한 주장이 원인이었다는 것이 그들의 말입니다."

그토록 지키려 했던 무림맹주라는 자리를 바라보는 시선에 불신이 생겼음을 알았을 때도,

"허허! 그것참 큰일이로군요."

맹주는 시종일관 웃음을 잃지 않았다.

이현 하나가 무림맹에 불러온 악재.

하지만 그건 무림맹의 악재일 뿐 맹주의 악재는 아니다.

오히려 그에겐 호재였다.

이현을 향한 반발심이 강해질수록, 무림맹주의 자리는 더

욱더 확고해질 테니까.

이현을 부맹주의 자리에 앉힌 그의 결정에 대한 반발은 거기에 비하면 태양 앞에 반딧불과 같은 작은 것에 불과했다.

처음부터 의도했다.

그렇기에 이현에게 부맹주의 자리를 제의했던 것이다.

하지만.

'알아서 무너져 주는군!'

정작 이현의 평판을 무너트리는 데 무림맹주가 한 일은 그리 많지 않다.

이현을 부맹주의 자리에 앉히고, 남궁형위의 행태를 묵인한 것. 그리고 이현을 치기 위해 부맹주를 찾던 검왕과 남궁세가의 무사들을 막지 않은 것.

그것이 전부다.

나머지는 모두 이현 스스로 만들어 낸 결과들일 뿐이다.

맹주의 그러한 처세 어디에도 이현을 경계하고 깎아내리려는 행동은 없었다. 오히려 겉으로는 이현을 치켜세우고 지지하려 한 것과 같이 비쳤을 뿐이다.

그것 또한 호재다.

겉으로 보이기에 맹주는 정파무림을 위해 노력하는 공명정대한 대인이었으니까.

그리고.

바스락!

맹주는 손 안에 쥔 종이를 곱게 접었다.

피식!

입가에 웃음을 머금는다. 번들거리는 눈빛이 반짝였다.

"하늘이 나를 돕는구나!"

호재는 계속되고 있었다.

第二章

　타계한 태극검제는 천하십대고수 중 하나다. 또한, 무당에 드러난 최고수이기도 했다.

　그것만으로도 무림에서 태극검제가 차지하는 비중은 절대 작지 않다.

　하지만.

　그것만이 태극검제에 대한 평가를 결정하는 전부는 아니었다.

　천마를 무찌르고, 사도련을 멈춰 세운 천하제일에 가장 가까운 절대 고수인 무당무왕 이현을 키워 낸 스승.

　그리고 진인(眞人).

청수라는 도호(道號) 뒤에 따라붙는 진인이라는 호칭은 단순한 의미가 아니었다.

도문으로서 최고의 성세를 구가하고 있는 무당파 내에서도 도호 뒤에 진인이란 호칭이 따라붙는 이는 단둘뿐이다.

청수진인. 그리고 무당의 장문인인 청성진인이다.

세인들이 청수진인을 진인이라 부르는 이유는 단순히 그가 가진 무공의 고강함 때문만은 아니었다.

그가 죽기 전까지 해 온 협행과 덕행 때문이다.

한 지역을 피바다로 만드는 살인귀가 나타날 때면 새외까지 추격해 징벌하고, 기근이 들 때면 누구보다 먼저 발 벗고 나서 구민에 힘쓴 그의 행동들.

죽기 직전까지 해 온 그것들이 모여 세인들이 청수진인을 진인이라 부르는 것이다.

그건 청수진인을 향한 존경과 감사의 의미다.

사실, 냉정히 보면 그 일들이 천마를 무찌르고, 사도련을 멈춰 세운 이현이 행한 일들보다 크다고 할 수는 없다.

하지만.

무림이란 세상 밖에서는, 무림맹이라는 정파무림의 중심을 벗어난 곳에서는.

그보다 소중한 일이었다.

당장 그들의 목숨과 삶에 연관된 일이었으니까.

그들에게 청수진인의 선행과 협행은 당장 눈앞에 닥쳐 온 죽음을 물리쳐 준 구명과 같은 것이었다.

무공을 익히지 않은 양민들 사이에서 무당무왕 이현의 이름보다, 태극검제 청수진인의 이름이 더욱 힘을 갖는 것도 그 때문이다.

그리고.

그런 청수진인이 죽었다.

그 소식이 중원 전역에 전해지는 데에는 그리 오랜 시일이 걸리지 않았다.

많은 이들이 비통(悲痛)에 젖었다.

비통에 빠진 이들 중 대다수는 청수진인에게 은혜를 입은 이들이었고, 또 일부는 청수진인의 덕행과 협행담을 들어 기억하는 이들이었다.

처음은 청수진인의 죽음에 애도하기 위해 무당파를 찾는 이들로부터 시작되었다.

이제 계절은 초봄을 지나 늦봄을 향하고 있었다.

논에는 모가 자라기 시작했고, 밭에는 작물들이 여린 생명을 싹 틔우는 시기다.

농사꾼에게는 한해 농사를 결정짓는 가장 중요한 시기인 동시에, 몸이 열 개라도 부족할 만큼 바쁠 때이기도 했다.

이제 예순의 나이를 훌쩍 바라보는 장모일도 늙은 몸을 이끌고 바삐 일손을 놀리며 구슬땀을 흘리는 것도 그러한 탓이었다.

특히나 어제와 같이 제법 많은 비가 내린 날이면, 해야 할 일들이 더욱 많아질 수밖에 없었다.

논밭의 어린 생명들은 많은 가능성을 속 안에 품고 있지만, 아직 여리다. 내리는 비, 불어오는 바람 하나하나에도 쉽게 사그라지고 만다.

그러니 더욱더 관심을 기울이고 촉각을 곤두세울 수밖에 없었다.

"아버지 저것 좀 보십시오."

논둑을 정비하던 장모일은 아들의 목소리에 굽은 허리를 세웠다.

"할 일이 아직 태산인데 보긴 또 뭘 보라고 이 야단이냐."

안 그래도 바쁜 마음에 일손을 멈추게 하는 아들의 모습이 장모일의 눈에 곱게 보일 리 없었다.

이제 마흔을 넘어 약관을 넘긴 자식까지 있는 아들 녀석은, 아직도 철이 안 든 건지 틈만 나면 놀 궁리부터 하는 것이 늘 걱정이었다.

그러나 이번엔 달랐다.

"저기 오고 있는 사람들 말입니다. 하동 사람들 아닙니까?"

장모일의 핀잔에도 아랑곳하지 않고 그의 아들은 농로길 저 멀리 손가락을 가리켰다.

쉽게 말해 하동이라곤 하지만, 정확히 말하자면 하동촌이다. 강을 경계로 하구에 있었다고 해서 편히 하동이라 지명할 뿐이다. 장모일과 그의 손주 자식들이 평생을 살아온 이곳 상동과는 바로 이웃하는 마을인 셈이다.

"이놈아! 이 바쁜 철에 하동 것들이 우리 상동엔 무슨……!"

인접한 마을이니 얼굴을 모를 리 없다.

여름에 가뭄이 들면 물길을 가지고 싸우는 일이 연례행사인 데다가, 이따금 손이 모자랄 때면 서로 품을 팔기도 했었으니까.

하지만 지금은 한창 농사일로 바쁠 시기다. 전날 비가 내려 물이 부족할 때도 아니고, 오히려 전날 내린 비로 산적한 일들을 처리하기도 바쁠 때이다.

그러니 하동 사람들이 상동까지 올라올 이유는 없다.

헌데, 올라왔다.

그것도 십여 명이 넘는 제법 많은 숫자다. 귀한 소에 굴레를 씌워 수레까지 끌게 하고서 말이다.

장모일은 무슨 일인가 싶어 이제는 늙어 침침해진 눈으로 저 멀리서 걸어오는 하동 사람들을 응시했다.

그들은 이쪽을 향해 걸어오고 있었다.

"아이고! 거기 장씨 아닌가! 오래간만이구만!"

그렇게 멀거니 다가오는 하동촌 사람들의 모습을 지켜보던 장모일을 향해 누군가 아는 척을 해 왔다.

행렬의 선두에서 젊은이들의 부축을 받고 걸어오던 등 굽은 노인이었다. 장모일도 아는 이다.

"아! 고 형! 고 형이 우리 마을엔 어쩐 일이시오?"

고 형이라 불린 노인은 그런 장모일의 물음에 고개를 절레절레 저었다.

"자네 마을이 아닐세. 무당산으로 가는 길이야."

"이 시기에 무당산에? 허헛! 한해 농사 다 말아먹을 작정이오?"

장모일이 농을 던졌다.

한창 바쁠 농번기에 먼 무당산까지 찾아간다니 그런 농담을 하는 것이다.

하지만 어디까지나 농담이었다.

헌데.

"농사야 젊은것들이 하면 될 일이지! 그리고 지금 농사일이 대순가?"

돌아오는 대답에 장모일의 눈이 휘둥그레졌다.

"예? 그게 무슨 말이오. 고 형?"

농사꾼에게 농사보다 중한 일이 무엇인지 좀처럼 짐작이

가지 않았다.

고 형이라 불리는 노인은 고개를 저었다.

"쯧쯧쯧! 아직 소식 못 들었는가? 진인께서 돌아가셨네."

"진인이라니? 무당파의 진인이라면…… 누구 말이오?"

"그 있잖은가! 그 오 년 전쯤에 물난리 났을 때 오셨던 신선님!"

"아! 그 검황이라시던 그분 말이오?"

"예끼! 검황이 아니라 검제이시네! 태극검제 청수진인! 하긴, 나라님도 못한다는 빈민 구제를 하신 분이니 태극검제시면 어떻고 태극검황이시면 어떻겠는가. 왜 그 있잖은가! 그때 그분이 자네 손자 열병도 고쳐 주셨다 하지 않았는가."

고 형이라 불리는 노인의 말에 장모일이 고개를 끄덕였다.

어찌 잊을 수 있겠는가.

오 년 전 물난리로 고생했던 그 일을.

수마가 휩쓸고 지나간 뒤에 찾아온 기근과 역병으로 목숨마저 위태로웠던 순간이었는데 잊을 수가 없다.

하물며, 청수진인이라 하면 그 역병으로 죽어 가던 손자를 구해 준 은인인 것을.

"그, 그랬지요. 그런데 그분이 돌아가셨단 말이오? 무림인이라고 하지 않으셨습니까? 그것도 아주 고수라고 들었었는데?"

다만 믿기지 않을 뿐이다.

일반인이 장모일과 같이 예순이란 나이까지 살면 장수했다고 한다. 다섯 살 터울인 고 형이란 노인이 하동촌의 가장 큰 어른인 것만 보아도 알 수 있는 일이다.

하지만 무림인은 다르다.

풍문으로 듣기로 고수가 되면 백 살은 물론, 백오십 살까지도 너끈하게 사는 이들이 무림인이라고 했다.

과장이 섞이긴 했겠으나, 일단은 일반인들보다 장수하는 것은 사실이리라.

청수진인은 그런 무림인 중에서도 열 손가락으로 꼽히는 고수.

그러니 그의 죽음이 믿어질 리 없다.

"아이고! 왜 아니겠는가! 그리 대단하신 분이 돌아가실 줄 누가 알았느냔 말일세! 쯧쯧쯧! 하늘도 무심하시지! 어찌 그리 좋은 분을 모셔 가셨는지……!"

고 형이란 노인네가 혀를 차며 고개를 저었다.

청수진인의 죽음은 그에게도 믿기 어려운 안타까운 일이었다.

"세상에 나쁜 놈이 얼마나 많은데 그놈들 다 제쳐 두고 왜 그 좋으신 분을 모셔 가느냔 말일세!"

그러고도 분이 풀리지 않는지 목소리를 높인다.

"허······! 그러게 말입니다. 데려가려거든 탐관오리나 나쁜 놈들이나 데려갈 것이지······."

장모일은 고개를 끄덕이며 동의했다.

그의 얼굴에도 안타까운 심정이 고스란히 드러나 있었다.

그렇게 이야기가 끝나고.

고 형을 포함한 하동 사람들은 길을 떠났다.

"······."

남겨진 장모일은 그렇게 무당파로 향하는 하동 사람들의 뒷모습을 멍하니 좇고 있었다.

"아버지······."

그리고 그 모습을 장모일의 아들이 응시하며 조심스럽게 입을 열었다.

장모일의 입에서 한숨이 흘러나왔다.

"후우······ 내 비록 평생 땅만 보고 살아온 촌무지렁이다만, 금수도 아는 은혜를 왜 모를까······."

청수진인은 생명의 은인이다.

늙고 주름진 그의 목숨은 물론, 아들과 손자. 일평생 함께 해 온 마을 사람들까지.

"그 난리 통에 구휼미로나마 목숨을 건진 것도, 현령이 구휼미에 장난질을 치지 않았던 것도 모두 진인께서 나서셨기 때문임을 내 기억한다."

장모일의 머릿속엔 아직도 그때의 일이 생생하다.

"여물지도 못한 손주 놈이 열병으로 쓰러졌을 때, 그 아이를 구한 분이 그분임을 나는 기억한다."

버려질 이들이 구함을 받고, 죽을 사람이 살았다.

현령도 하지 못하고, 나라님도 하지 못하고, 하물며 신도 하지 못한 일들이다.

장모일이 일평생 일구어 온 모든 것들을 지켜 준 사람이다.

그 은혜를 어찌 기억하지 못하겠는가.

아마 죽는 그 순간까지 평생을 기억하고 마음에 안고 갈 것이다.

"마음 같아선 나도 저들처럼 한달음에 무당산을 찾아가 눈물을 쏟고 싶거늘…… 헌데, 나는 그러질 못한다. 금수도 아는 은혜를 저버리고 당장 올 한해 살아가는 데 버둥거려야 한다."

장모일의 혼잣말에서는 절절한 자괴와 자학이 담겨 있었다.

은혜를 알면서도 당장 살기 빠듯하단 이유로 이를 외면해야 한다는 현실이 그를 초라하게 만들었다.

"……아버지."

그런 장모일의 모습에 그의 아들의 목소리가 낮아졌다.

장모일이 아는 것을 그의 아들이 모를 리 없다. 장모일의 눈엔 여전히 물가에 내놓은 것 같이 불안하고 철없기 만한 아들이었지만, 그의 나이도 어느덧 마흔이다.

힘든 시절 굶주림에서 벗어나게 해 준 이가 청수진인이라는 것도, 죽어 가던 그의 피붙이가 다시 뛰놀게 해 준 이가 청수진인이었다는 것도.

모를 리 없다.

장모일이 청수진인에게 감사하는 만큼, 그의 아들도 감사하고 있었다. 아니, 어쩌면 그 이상일지도 모른다.

그러니 지금 장모일의 심정이 어떠할지 누구보다 잘 알고 있었다.

슬퍼하는 아비를 바라보던 아들이 문득 입을 열었다.

"차라리 우리끼리 사당을 만들고 위패라도 세워 제를 지내는 것이 어떻겠습니까?"

"제?"

그런 아들의 의견에 장모일의 얼굴이 달라졌다.

"예! 비록 몸은 가지 못하지만, 씨암탉도 잡고 소도 잡는 것입니다. 이렇게라도 진인님의 극락왕생을 빌어야 하지 않겠습니까."

일평생 땅만 보고 살아온 그다 보니, 극락왕생이 불교에서 나온 것인지, 도교에서 나온 것인지 알 리 없다.

그저 타계한 청수진인이 좋은 곳으로 가길 바라는 마음에서 흘러나온 진심일 뿐이다.

그건 그의 아비인 장모일도 마찬가지다.

"그래! 그렇게라도 해야겠구나! 안 될 일이야 있겠느냐! 관운장도 모시는 마당에 진인을 못 모실 이유야 없지! 암!"

장모일이 고개를 끄덕였다.

그렇게.

장모일이 사는 상동촌은 무당산을 찾아가는 대신 사당과 위패를 세워 제를 지내기로 했다.

그건 비단 장모일이 사는 상동촌만 그런 것이 아니다.

중원 각지에.

청수진인의 은혜를 입은, 혹은 청수진인의 죽음을 슬퍼하는 이들 중 무당파를 찾을 사정이 여의치 않은 이들이 각자 청수진인을 기리는 사당을 세우고 위패를 세워 제를 지내기 시작했다.

그것만으로도 적은 숫자가 아니다.

청수진인이 일평생 쌓아 온 덕행은 결코 작은 숫자가 아니었으니까.

그러나 그건 어디까지나 작은 시작에 불과했다.

하나둘 청수진인의 죽음을 애도하며 그를 기리기 시작하면서 분위기가 만들어졌다.

청수진인을 알지 못했던 이들도, 청수진인이란 존재를 알게 되었고, 또 추모하는 분위기가 들불처럼 일어나기 시작했다.

무림과 거리가 있던 일반인들로부터 시작된 분위기다.

그러다 보니 그들은 청수진인의 별호가 태극검제인지, 태극검황인지 정확히 알지 못했다. 당연히 무림에서 황과 제의 의미가 어떤 것인지 알 리 없다.

그저 부르기 쉽고 더욱, 당장 떠올리기 쉬운 별호로 입에 올릴 뿐이다.

입에서 입으로 올린다.

그리고 그것이 전파된다.

어느 순간부터 청수진인을 가리키는 별호로 태극검황과 태극검제가 혼용되기 시작했다. 그리고 어느 순간부터 무림인들 사이에서도 청수진인을 태극검황으로 부르는 이들이 하나둘 늘기 시작했다.

그것은 청수진인의 죽음이 알려진 지 불과 열흘밖에 지나지 않았을 무렵의 일이었다.

강소성 항태현은 청수진인과 인연이 깊다.

아니, 강소성에 청수진인의 인연이 깊게 새겨져 있다고 말하는 편이 나았다.

아주 오래전에 새겨진 인연이다.

청수진인이 태극검제라는 별호를 얻기도 전의 일이다. 당연히 천하십대고수로 손꼽히던 시절도 아니다.

그 아주 오래전.

청수진인은 젊었고, 그의 명성은 천천히 강호에 알려지기 시작할 무렵이었다.

강소성의 무인 하나가 주화입마에 빠졌다. 단지, 그뿐이면 그저 아섭고 말 일이었지만, 일은 그렇게 간단하지가 않았다.

주화입마에 빠진 무인은 골수에까지 마성이 뻗쳐 피에 미친 살인귀가 되었다는 것도, 살인귀가 되어 버린 무인이 강소성에서도 다섯 손가락에 꼽히던 고수였다는 것도 불행이라면 불행이었다.

후에 청잠광포라 불리게 된 그 무인의 이름은 청잠협포 청금태다. 또한, 운태산에 터를 잡은 청정협문의 주인이기도 했던 그는 마성에 빠져 스스로 자신의 문파를 피로 물들였다.

그리고 살육을 시작했다.

강소성 전체가 뒤집혔다. 마성에 빠져 진원진기까지 거침없이 뽑아 쓰는 강소성 십대고수 중 한 사람을 저지할 수 있는 이와 단체는 그리 많지 않았으니까.

더욱이, 마성에 빠진 상황에서도 청장협포 청금태는 절대 대문파와 그의 실력을 뛰어넘는 고수를 건드리지 않았다. 본능적으로 싸움을 회피했다는 것이 맞을 것이다.

그러다 보니 막을 수 있는 사람도 적었고, 막으려는 이들도 없었다.

무림인과 양민을 가리지 않고 계속되는 살육은 모든 진원 진기를 뽑아 쓸 때까지 계속될 듯싶었다.

그때.

영웅이 등장했다.

멀리 호북 무당파에서 찾아온 젊은 날의 청수진인이다. 그리고 청수진인은 항태현에서 홀로 사흘 밤낮을 맞서 싸워 폭주하던 청금태를 잠재웠다.

그런 인연이다.

수십 년이 지났지만 그 인연이 희미해질 리 없다.

아직도 강소성의 무인들은 청수진인의 협의를 잊지 않았고, 강소성의 양민들은 여전히 청수진인을 향한 존경과 감사를 잊지 않았다.

특히나 가장 큰 피해를 입었던 항태현은 더욱 그러했다.

그런 곳이다.

청수진인이 타계했다는 소식이 전해졌을 때.

그들이 가만히 있을 리 없었다.

사정이 되는 이들은 직접 강소성에서 하북의 무당파까지라는 긴 길을 나섰고, 사정이 여의치 않은 이들은 청수진인을 기리기 위해 사당을 세우고 위패를 모셔 제를 지내고자 했다.

이미 이와 비슷한 일들은 중원 전역에서 벌어지고 있는 일이다.

다만, 그것과는 다른 것이 있었다.

지어진 지 오래되지 않은 청수진인의 위패를 모신 사당 앞.

그 앞에 제례를 시작하기 위해 몰려든 군중들이 가득했다. 노인에서 아이까지, 여인과 사내. 나이와 성별에 구분 없이 모여든 숫자는 상당했다.

그러나 그렇게 모인 그들은 정작 제례를 시작하지도 못하고 있었다. 제례는커녕 딱딱하게 굳은 얼굴로 정면을 바라보며 입술을 굳게 다물고 있었다.

그리고.

그들과 사당 사이에 관군이 있었다.

인근 현에서 지원된 것인지, 족히 백여 명은 되어 보이는 숫자의 관군이 사당과 군중들 사이를 가로막고 진을 치고 있었다.

제를 시작하지 못한 것도 지금 막아선 관군들 때문이다.

"이게 대체 무슨 짓입니까! 검황의 제를 지내는 데 관군이 왜 나서 막는단 말이오!"

제례복을 차려입은 중년인이 참다못해 나섰다. 그런 중년인의 허리에 긴 태도가 걸려 있었다.

무림인이다.

제례를 위해 어른, 아이, 남녀만 구분 없이 모인 것이 아니다. 제례를 위해 모인 이들은 무림인과 양민의 구분도 없었다.

청수진인이 청금태를 잠재운 곳에서 제를 올리기 위해 인근 지역에서 몰려든 것이다.

"맞소! 우리가 무슨 죄를 짓겠다는 것도 아니고, 그저 제만 올리겠다는 것인데 대관절 관에서 무슨 이유로 막아서는 거요!"

실제로 앞장선 중년 사내뿐만이 아니었다.

그의 뒤에서 선 군중 속에서 저마다 무기를 허리에 찬 무림인들의 모습을 어렵지 않게 찾아볼 수 있었다.

대부분 낭인 출신의 무사들이었으나, 오히려 그렇기에 그들의 분위기는 거칠었다.

군중들의 반발.

개중에 무림인까지 섞여 있다.

움찔!

그 거친 기세에 진을 치고 막아선 관군들의 어깨가 움찔거렸다.

아무리 관의 군인이라 하지만, 그들도 무공을 익힌 낭인들을 상대한다는 것은 부담스러운 일이었다.

"비키십시오!"

가장 먼저 나섰던 중년 사내가 소리치며 한 걸음 앞으로 나아갔다.

그리고 그 뒤를 사람들이 뒤따른다.

꿀꺽!

그 기세에 관군들이 주춤 뒷걸음질 쳤다. 긴장한 관군 하나가 마른침을 꿀꺽 삼켰다. 실제로 창을 쥔 그의 손은 이미 식은땀으로 흥건하게 젖어 있었다.

그때였다.

"이게 무슨 짓이냐!"

신경질적인 목소리가 군중을 가로질렀다.

"......"

관군을 향해 다가서던 군중의 움직임이 멈추었다. 대신 고개를 돌려 목소리의 주인을 찾는다.

"한 놈이라도 움직이면 바로 쏴 버려라!"

목소리의 주인은 당당했다.

턱을 치켜들고 군중을 내려다보는 그의 시선은 거만함이 가득했다. 얄팍한 입술에 신경질적으로 올라간 눈초리. 그리고 비대한 체구에 어울리지 않는 화려한 관복.

"혀, 현령님?"

항태현을 책임지는 현령 거백장이란 인물이었다.

평소 관군을 앞세운 강압적인 일 처리와, 오만한 태도로 이미 인근 백성들에게는 공포의 상징으로 자리매김하고 있는 이다.

그의 명령에 군중을 포위한 관군들이 모습을 드러냈다.

시위를 당긴 그들의 화살은 정확히 군중을 향하고 있었다.

"한낱 무뢰배 하나 죽었다고 이 무슨 난리냐! 사당? 제? 웃기지도 않는구나!"

겨누어진 화살에 군중이 움찔하는 사이.

현령의 입가엔 비웃음이 머물렀다.

"일단 같잖은 사당부터 철거하라!"

그리고 청수진인의 위패를 모셔 둔 사당을 철거할 것을 명령했다.

"예!"

진을 치고 있던 관군이 읍하며 반응했다.

쾅직!

도끼로 사당 기둥을 찍어 낸다. 문짝이 부서지고, 기둥이 꺾였다. 향을 꽂을 향로는 뒤집어져 바닥을 검게 물들였고, 곱게 모셔 둔 위패는 바닥을 뒹굴었다.

"저, 저저……!"

비록 임시라지만 며칠간 성심을 다해 준비한 사당이다. 그 사당이 현령의 명령 한마디에 무너질 위기에 처하자 여기저기서 당황성이 터져 나왔다.

"이, 이익! 이게 대체 무엇하는 짓입니까! 검황의 사당을 망가트리다니!"

처음 선두에 나섰던 중년의 무인이 가장 먼저 반발했다.

푸들푸들 떨리는 입술은 그가 얼마나 분노했는지 여실히 보여 주고 있었다.

하지만.

"허! 이놈이 점입가경이로구나! 뭣이? 검황? 어디 근본 없는 무뢰배 따위를 감히 황이라 칭하더냐! 이 세상에 황이라 칭할 수 있는 것은 오로지 황제 폐하뿐임을 모른단 말이냐!"

"그, 그건……."

중년 무인이 움찔거렸다.

무공을 알지 못하는 양민들이야 모르겠지만, 그는 무림인이다.

황이란 글자가 무림과 관에서 어떤 의미를 갖고 있는지 모를 리 없다.

무림의 누구도 황이란 칭호를 쓸 수 없다.

그건 곧 반역과 같은 의미다.

"여봐라! 무엇하느냐! 어서 저 반역도를 잡아들이지 않고!"

현령이 중년 무인을 추포할 것을 명령했다.

사당을 철거하던 관군 중 일부가 창을 겨눈 채 중년 무인을 향해 다가섰다.

으득!

중년 무인은 이를 악물었다.

정성스럽게 준비한 사당이 부서져 나가는 것도 모자라, 이제는 그조차 반역도로 몰려 잡힐 처지다.

'반항해서는 안 된다.'

그러나 이내 눈을 질끈 감고 대응을 포기했다.

여기서 반발하기 시작하면 그땐 정말 일이 걷잡을 수 없게 커진다.

그렇게 반항을 포기한 중년 무인의 모습에.

"이래서 근본 없는 무림의 것들은 상종하면 안 되는 것이다. 어디 감히 황제 폐하께서 임명하신 본 현령의 뜻에 반기를 든단 말이냐."

현령은 득의양양한 미소를 지었다.

그리고.

"법도를 어기고, 살인이나 일삼는 놈 따위를 황이라? 개가 웃을 일이로구나! 뭣이? 죽음을 추모해? 그딴 무뢰배 따위를 위해 사당을 짓고 제를 지낸다는 것이 가당키나 한 줄 아느냐! 그딴 무뢰배에게 어울리는 건 이런 사당이 아니라, 국법에 의한 처벌이다. 내 마음만 같아서는 그 무뢰배의 시신을 능지처참해도 모자랄 것을……."

마음껏 그와 청수진인을 비웃었다.

"……흡!"

모든 것을 체념하고 눈을 감았던 중년 무인이 눈을 부릅뜬

것도 그 때문이다.

"능지처참이라니! 나를 욕하는 것은 상관없으나, 이미 타계하신 분을 어찌 그런 식으로 모욕한단 말이오!"

가슴에 울컥 치민 분노로 중년 무인의 두 눈에 붉은 핏발이 섰다.

홧김에 속에 있는 말을 쏟아 내기 시작했다.

"진인께서는 당신 따위가 모욕할 수 있는 사람이 아니오!"

"뭣이?"

현령의 눈이 역 팔(八)자로 치솟았다.

오만한 그의 성격상 한낱 야인에 불과한 무뢰배에게 그런 소리를 듣고 그냥 참아 넘길 리 없었다.

하지만, 그것이 다가 아니었다.

"맞습니다! 진인을 모욕하지 마십시오!"

"진인을 욕보이지 마라! 너 따위 탐관오리가 입에 올리실 분이 아니시다!"

진인의 죽음을 추모하기 위해 몰려들었던 군중이 반발하기 시작했다.

애초에 청수진인을 향한 감사함과 존경심으로 시작한 행사다. 이곳에 모인 이들은 모두 그 같은 마음으로 모였음은 당연한 일.

그러니 청수진인이 모욕당하는 것을 그냥 넘어갈 리 없었다.

더욱이 평소 강압적인 폭정으로 민심을 잃은 현령의 입에서 나온 모욕이라면 더더욱 그랬다.

"이, 이놈들이!"

단체로 반발하고 나서니 현령도 순간 움찔 한 걸음 물러설 정도였다.

분위기가 바뀌었다.

현령이 그것을 눈치채지 못할 리 없었다. 그리고 이를 눈치챈 것은 현령뿐만 아니었다.

"우리가 모를 줄 아십니까! 그 옛날 천잠광포가 미쳐 날뛰어 양민과 무림인을 구분하지 않고 살육을 저지를 때! 그때 그저 뒷짐 지고 숨었던 그 치부를 들추기 싫어 우릴 막는 것 아니오!"

중년 무사가 소리쳤다.

청수진인이 청잠광포의 혈겁을 잠재운 것은 영웅담이었지만, 반대로 관에 있어서는 그들의 태만과 무능력을 보여 주는 치부일 뿐이다.

비록 그때와 지금의 현령이 전혀 다른 이라 해도 마찬가지다.

그러니 마음에 들지 않는 것이다.

당연히 그때의 치부를 드러내는 것이나 다름없는 이번 행사가 달가울 리도 없다.

"큭! 가, 감히! 황제 폐하께서 임명하신 이 몸의……!"

정곡을 찔렸다.

현령이 치미는 분노에 이를 악문다.

"흥! 황제 폐하든, 현령이든 무슨 상관인가! 그때 우릴 구해 준 것은 황제 폐하도 네놈 같은 탐관오리도 아니었던 것을! 오히려 춘곤기만 되면 고리대로 사리사욕 챙기는 네놈보다 훨씬 훌륭하신 분이시다!"

더불어 중년 무인은 현령의 치부까지 들추었다.

백성들을 구제하기 위한 구휼미를 빼돌려 고리대를 한다. 그해 가을에 이를 다 갚지 못하면, 작게는 전답을 몰수하고, 크게는 노예로 만들어 판다.

이 밖에도 방납과 갖가지 명분으로 세를 올려 주머니를 채우는 등 현령들이 제 주머니를 채우는 방법은 다양했다.

작금에 와서는 대부분의 현령들이 이 같은 작태를 벌이고 있는 실정이다.

이를 관리하고 감찰해야 할 황궁에서는 그 역할을 제대로 수행하지 못하고 있음은 물론이다.

이런 식으로 착복한 재산의 일부가 황궁의 고위 관료들의 뒷주머니로 흘러들어 가고 있는 이상, 제대로 된 관리가 될 리 만무했다.

당연하게도 이곳 항태현의 현령 또한 그런 식으로 제 배를 채우고 있었다.

이미 아는 사람은 아는 공공연한 비밀이라지만 지금 이곳은 많은 이들이 모인 장소다. 그 사실이 공개돼서 전혀 좋을 게 없는 것이다.

"큭……!"

현령이 무어라 할 말을 찾지 못하고 어깨를 움츠렸다.

그 틈에.

"비키십시오! 나라님이 뭐라 하건, 현령이 뭐라 하건 간에 우리는 제를 지내야겠소!"

군중이 밀고 나오기 시작했다.

그들이 존경하는 청수진인을 모욕한 현령의 언행에 대한 분노, 강제적으로 제례를 막은 행동에 대한 반발심이 한데 뒤엉켜서 나온 행동이다.

지금껏 항태현에서 왕처럼 군림해 온 현령은 이런 상황을 용납할 수가 없었다.

"바, 반역이다! 가, 감히 황제 폐하께서 임명하신 나의 명을 거역하다니! 이건 반역이다!"

황제의 권위에 빌붙어 무소불위의 권력을 행했던 그는 자신을 위협하는 백성의 행동이 반역으로밖에 비쳐지지 않았다.

"쏴라! 한 발자국이라도 움직이는 놈이 있으면 쏴 버리란 말이다! 저놈들은 반역도당이란 말이다!"

흥분한 현령이 고래고래 소리를 쳤다.

움찔! 움찔!

그러나 정작 현령이 지금껏 믿고 있었던 관군들은 쉽사리 활시위를 놓지 못했다.

숫자가 많다. 거기에 무림인까지 군데군데 껴 있는 상황이다. 지금 화살을 쏘아 냈다가는 어떤 일이 벌어질지 관병들도 아는 것이다.

그러나 지금 현령의 머리에는 그러한 뒷일은 들어 있지도 않았다.

그저 무시하고 있던 것들이 이처럼 반기를 들고 나선 일에 대한 분노만 있을 뿐이다.

"뭣들 하느냐! 어서 쏘지 못하겠느냐! 쏘라고! 에잇! 이리 내놓아라!"

신경질적으로 소리치던 현령이 직접 움직였다.

근처에 우물쭈물하던 관병의 활을 빼앗으려 한 것이다.

"혀, 현령님!"

"내놔! 네놈이 못 쏘겠거든 내가 직접 저 천한 것들을 쏴 죽일 테니까!"

활을 빼앗으려는 현령과, 그런 현령에게 선뜻 활을 건네주지 못하고 망설이는 관병이 옥신각신했다.

그리고,

퓨슉!

"아악!"

기어코 사고가 났다.

"창석아!"

어미의 비명성이 울려 퍼졌다.

비명을 지르는 여인의 품 안엔 아이가 안겨 있었다. 채 열 살도 되지 않을 만큼 어린아이의 가슴에는 길쭉한 화살이 틀 어박혀 있었다.

활을 빼앗으려는 현령과 쉽사리 활을 건네지 못하고 망설 이던 관군의 옥신각신 끝에 시위가 놓아져 버린 것이다.

오발 사고다.

하지만.

"……."

눈앞에서 화살을 맞고 죽어 가는 어린아이의 모습을 지켜 봐야 하는 군중들의 시선은 무겁기만 했다.

"보, 보았느냐! 감히 이 몸의 뜻을 거스르면 모두 그렇게 되 는 것이다! 뭣들 하느냐 다른 놈들도 어서 쏴 죽이지 않고!"

군중의 침묵 속에서 현령이 소리쳤다.

제 딴에는 군중의 침묵이 두려움 때문이리라 여기고 한 말 이었겠으나, 그것은 타오르는 불씨에 기름을 끼얹는 것과 같은 행위였다.

"현령이 아이를 죽였다아!"

누군가 소리쳤다.

그리고.

"탐관오리를 잡아라!"

"저놈을 죽여라!"

분노한 군중이 들고 일어났다.

단순히 청수진인의 죽음을 애도하려 모였던 의도는 이제 무의미해졌다.

눈앞에 죽어 가는 아이.

아이를 향해 활을 쏘고도 부끄러움을 모르는 현령.

그것은 오랜 폭정에 억압되어 있던 그들의 분노를 폭발시키는 도화선이 되었다.

민란이다.

第三章

민란이 일어났다.

분노한 백성들의 손에 현령은 죽었고, 관군은 제대로 싸워보지도 못했다.

오랫동안 억압되어왔던 분노를 터트리는 백성들의 기세는 불길처럼 뜨겁게 일어났다.

그것은 비단 항태현만의 문제가 아니었다.

마치 약속이라도 한 듯 중원 각지에서 민란이 일어났다. 그 시작은 관에서 청수진인의 제를 막아서는 과정에서 시작된 일이었으나, 진정한 원인은 따로 있었다.

오랜 기간 동안 방만하게 운영되어진 내정.

곳곳에 탐관오리가 넘쳐나고, 그들의 폭정과 수탈로 안으로 분노가 쌓였다.

그것이 폭발한 것이다.

청수진인의 죽음은 그저 그 폭발의 매개였을 뿐이다.

황실은 난리가 났다.

대전에 고위관료들이 모두 모여 저마다 목소리를 높였다. 서로를 비난하고, 책임을 미루며 얼굴을 붉힌다. 자칫 주먹다짐까지 이어질 것 같은 사나운 기세가 대전을 가득 채우고 있었다.

그러나 그들이 마냥 서로를 헐뜯고 대립한 것은 아니다.

"당장 병사들을 투입하여 진압해야 합니다! 이번 일에 가담한 이들을 일벌백계하여 다시는 이런 일이 일어나지 않도록 본보기를 세움이 마땅할 것입니다!"

"맞습니다! 이 일을 엄중히 처벌하지 못하고 넘어간다면 몇 번이고 이번과 같은 일들이 반복될 것입니다!"

병사들을 앞세워 민란을 제압한다.

그네들의 입장에서는 가장 간단하고 손쉬운 방법이다. 또한, 하루라도 빨리 이 혼란을 잠재워야만 그간 행해 온 비리가 표면에 드러나지 않을 수가 있다.

편의와 필요.

두 가지가 맞아 떨어졌으니 한목소리를 내는 것은 당연했다.

"그래야지. 과인의 생각도 같다. 그러나 그것이 전부인가?"

잠자코 돌아가던 모양새를 지켜보던 황태자가 입을 연 것은 그때였다.

"……예? 저, 전하. 그것이 무슨 뜻이신지……."

갑작스러운 황태자의 물음에 관료들은 바짝 긴장했다.

자칫 이번 민란의 책임이 본인들을 향하는 것은 아닌지 불안한 탓이다.

하지만 그들의 불안은 기우에 불과했다.

"민란은 결과다. 원인은 따로 있지 않은가. 태극검제 청수진인. 아니, 근자엔 태극검황이라 불리더군. 감히!"

씨익.

황태자가 비릿한 웃음을 지었다.

한때 패왕이라 불리던 황제가 건강상의 이유로 대전에 나서지 않은 이상, 이 자리의 결정권자는 황태자다.

그런 황태자의 말 속에 숨겨진 의중을 깨달은 관료들의 낯빛이 창백해졌다.

"황공하오나 전하! 비, 비록 근자에 그를 태극검황이라 칭하는 이들이 있다고 하나, 그것은 그저 무지한 천것들이……."

"그래서? 사실이 달라지는 것이 있는가? 결국, 그를 태극검황이라 부르는 이들이 있다는 것은 사실이다. 또한, 이번 민란의 시작이 한낱 무뢰배의 죽음 때문이라는 것 또한 사실이다. 아니 그런가?"

황태자의 눈빛은 날카로웠다.

의중은 확실했다.

황실의 권위를 넘보고, 신격화까지 되고 있는 청수진인과 그가 몸담았던 무당파를 치는 것.

관료들의 이마에 식은땀이 송글 맺혔다.

"하, 하오나 전하! 송구스럽게도 무, 무당파는 비록 도교의 갈래이나 또한 무림의 문파이기도 하옵니다! 본디 관과 무림은 서로의 영역을 침범하지 않는 것이 관례이며, 자칫 이번 일로 무당파를 벌하게 된다면 황실에 큰 혼란이 초래……."

급하게 막으려 한다.

황실과 무림은 서로의 영역을 침범하지 않는다.

그것이 오랜 관례였고, 불문율이다. 싸워서 얻을 것이 없기 때문이다.

또한…….

"호부상서. 최치균. 그 손자 최전율. 무당파 속가제자 출신. 호부 좌우 시랑 또한 마찬가지로 무당에서 수학하였더군. 예부상서는 그 차자(次子)가 화산의 속가제자 출신이고?"

관과 무림은 서로의 영역을 침범하지만, 전혀 다른 세상 속에서 사는 것은 아니었다.

권력과 돈. 그 두 가지를 거머쥔 이들이 가장 바라는 것은 힘이다. 아니, 그들이 얻은 영화를 누릴 수 있는 건강이다.

때문에 많은 고위대관의 자손들은 무림의 명문방파의 무공을 가르침 받는다.

상당히 많은 양의 제물을 기부하면서까지 말이다.

또한, 그것은 그들이 이룬 부귀영화를 대대손손 이어 나갈 수단이기도 했다. 명문방파에서 무공을 수학하며 쌓은 인맥이 바로 그것이다.

그렇기에 무당파를 치고자 하는 황태자를 이토록 저지하고 나선 것이다.

"그, 그것을 어찌⋯⋯!"

하지만 황태자의 입에서 그 사실이 먼저 튀어나와 버렸다.

차기 황제가 될 신분인 황태자의 입에서 공공연한 비밀이 튀어나왔다는 것은 그렇게 단순한 의미가 아니다.

"왜? 더 말해 주길 바라는가?"

싱긋 웃는 얼굴로 황태자는 관료들의 면면을 훑는다.

그 시선이 닿을 때마다 관료들의 고개가 아래로 푹 숙여졌다.

"아니면? 무림에서 오는 상납금이 아쉬운 것인가? 흑점, 하오문, 무림맹, 사도련⋯⋯ 꽤나 많이도 들어오더군."

"⋯⋯."

신랄하게 약점을 후벼 파는 황태자의 말에 누구도 감히 입을 열지 못했다.

　앞서 무림의 방파에서 무공을 익힌 것과는 전혀 다른 문제다. 무림으로부터 들어온 돈이 정상적인 경로로 들어왔을 리가 없다.

　그건 엄연히 비리다.

　황태자는 자신이 그 모든 비리를 파악하고 있음을 노골적으로 드러낸 것이고, 그건 즉 언제든 이 자리에 모인 관료들을 쳐낼 명분을 쥐고 있다는 것을 의미했다.

　저벅! 저벅!

　황태자는 침묵하는 관료들의 사이를 걸었다.

　담담한 걸음걸이였지만, 침묵으로 가득 찬 대전에서 그의 발소리는 마치 천둥처럼 크게 들려왔다.

　"그대들은 누구의 신하인가?"

　황태자가 물었다.

　"폐, 폐하의 신하이옵니다!"

　"나라의 녹보다 무뢰배들에게서 받아먹는 돈이 더 큰 데도 말이더냐?"

　"……."

　정곡을 찌르는 황태자의 물음에 또다시 침묵이 찾아든다.

　황태자는 개의치 않았다.

그가 원한 반응이 이런 반응이었으니까.

"공맹의 도리를 좇기보다 한낱 무뢰배들의 살인 기술이나 탐하는 그대들이라도 말이더냐?"

"……."

이어지는 질문에도 누구 하나 대답하지 못한다.

"다시 한 번 묻겠다. 그대들은 누구의 신하인가?"

"……화, 황제 폐하의 신하이옵니다."

관료들의 입에서 기어들어 가듯 대답이 흘러나왔다.

전과 같은 대답이었지만, 이번엔 그 목소리가 불안하게 떨리고 있다.

황태자는 그런 대신들을 향해 말했다.

"허면 일하라! 폐하의 신하된 자로! 증명하라."

"마, 망극하옵니다! 전하!"

대신들이 읍하며 오체투지한다.

황태자의 명령을 거역할 수 없다. 당장에 명분이 없다. 이미 약점이 잡혀 버린 이상 황태자의 의지대로 움직이지 않을 도리가 없는 것이다.

또한, 자칫 잘못하다가는 무당파가 아닌 그들이 황태자의 칼을 받아야 할지도 모를 상황이다.

"죄목은…… 반역이 좋겠군. 아니 그런가?"

"마, 망극하옵니다! 전하!"

반역.

황실에서 가장 큰 죄목으로 벌을 하겠다는 황태자의 말에도 누구 하나 이견을 내지 못하는 것도 그 때문이다.

대신들의 굴복에 황태자의 얼굴에 만족스러운 기색이 떠올랐다.

"죽은 자는…… 역시 부관참시가 어울리겠군!"

그리고 중얼거렸다.

황실이 무당파를 향해 칼을 뽑아 들었다.

*　　　*　　　*

민란을 이유로 황실이 무당파를 향해 칼을 뽑아 들었다는 소식은 중원 전역으로 전해졌다.

그것은 무림맹이라고 다를 바 없다.

"……그러니 부맹주는 당분간 이곳에 있으시게. 너무 심려치는 말게. 무림맹의 모든 능력을 발휘하여서라도 내 이번 일은 어떻게든 무마해 볼 것이니. 허면, 나는 이만 가 봄세."

말을 끝낸 무림맹주가 문을 나섰다.

이제 안에 남은 이는 이현과 옥분뿐이다.

"……어떻게 하시려고요?"

옥분이 이현에게 물었다.

방금 무림맹주가 와서 황실이 무당파를 치려는 움직임을 보이고 있다는 소식을 전해 줬다. 더불어 무림맹이 나서 이번 사태를 수습하기 위해 전력을 다할 것임을 알렸다.

그런 무림맹주가 요구한 건 간단했다.

무림맹이 사태를 수습하는 동안만 무림맹에 머물러 달라는 것이었다.

무당파의 제자이기도 하지만, 무림맹의 부맹주이기도 한 이현이다. 그러다 보니 그가 나서게 되면 일이 복잡하게 돌아갈 수 있기 때문이다.

"글쎄? 굳이 들어줄 이유 있나? 난 무당파가 어떻게 되든 상관없다니까? 술만 마시면 된다고! 술만."

걱정 가득한 옥분의 물음에 이현은 귀를 후비며 심드렁하게 대답했다.

표정은 물론 목소리에서도 무림맹주의 말을 따를 생각이 없음이 가득 묻어 나온다.

"그럼 더더욱 이곳에 계셔야 합니다."

"왜?"

"이번 일 때문에 무당파에서도 행사를 잠정 중단했다고 합니다. 사방팔방으로 이 사태를 수습하려고 나선 한편, 장문인이 직접 나서서 절대 태극검황이라는 별호로 청수진인을 칭하지 말아 달라고 부탁하고 다니는 실정이니까요."

"행사가 중단됐다고? 그럼 장례는? 아니, 술은?"

"당연히 그것도 중단이지요."

"이런 썩을!"

장례까지 중단되어 술을 마실 수 없다는 이야기에 이현이 자리를 박차고 일어났다.

막 무당파로 떠나기 직전에 벌어진 일이다.

한창 적조의혈단을 닦달하며 길 떠날 준비를 서두르던 이현의 노력은 헛수고가 되어 버린 셈이다.

옥분은 그런 이현을 급히 말렸다.

"제발 좀 이번엔 조용히 넘어갑시다! 예? 괜히 도사님. 아니, 부맹주님이 나서셨다가 일이 복잡하게 꼬이기라도 하면……!"

"하면?"

"장례고 뭐고 없다 이겁니다! 부맹주님이 그렇게 노래 부르시던 술은 구경도 하지 못하고요! 그뿐인 줄 아십니까? 자칫 일이 크게 번지면 그땐 무림과 황실의 전쟁이 되어 버린단 말입니다! 그럼 다 죽는 거예요! 다! 부맹주님도 청수진인 손잡고 북망산 등단하게 된단 말입니다! 예?"

빠르게 쏟아 내는 옥분의 말에 이현의 미간이 찌푸려졌다.

"……마음에 안 드네!"

심사가 꼬인다.

이현 특유의 청개구리 같은 심보가 목구멍까지 치고 올라왔다.

　갑자기 이 난리를 벌이는 황실도, 그렇다고 장례까지 멈춰버린 무당파도 마음에 들지 않는다.

　마음만 같아서는 이런저런 사정 무시하고 당장 황제 목부터 따라 나서고 싶을 지경이다.

　하지만.

　"그래도 장례식이 흐지부지되는 건 막아야지!"

　놀랍게도 이현은 치미는 충동을 억눌렀다.

　장례가 파하는 것을 막기 위해서.

　"예! 그래야지요! 옳으신 결정입니다! 진인 가시는 길은 편히 보내드려야지요! 예! 암요!"

　대번에 옥분의 얼굴에 화색이 돌았다.

　'그렇게 아니라고 하더니! 그래도 제 스승 장례라고 안 하던 짓도 다하는구나!'

　옥분은 안도했다.

　하지만, 이현이 스스로 충동을 잠재운 것은 그런 이유가 아닌 듯했다.

　"무슨 소리야? 그 인간 편안히 가건 말건 나랑 무슨 상관인데? 난 그냥 술이 먹고 싶은 거야! 술! 장례식에서 마시는 술이! 장례식이 흐지부지되면 그 술 못 먹잖아!"

이현은 자신이 일단 가만히 있는 이유가 청수진인이 아닌 청수진인의 장례 때 마실 술 때문이라고 주장하고 있었다.

"예. 예! 그러시겠지요! 네! 암요!"

물론, 옥분은 이현의 이 말도 안 되는 억지를 믿지 않았다.

*　　　*　　　*

황실에서 어림군이 출병했다는 소식이 들려온지도 어느덧 열흘.

그 사이 무림맹주는 매일같이 이현을 찾아와 일의 진행 사항을 이야기하며 그를 안정시켰다.

어림군이 출병하긴 하였으나, 무림맹주의 입으로 전해지는 분위기는 나쁘지 않은 듯했다.

"오늘 아침 병부상서께 전갈이 왔네. 힘을 실어 주신다고 하시더군. 호부상서께서도 직접 나서시겠다고 했으니 걱정할 것 없네. 호부상서야 본디 무당의 속가 출신이지 않은가. 무당파와는 이미 한 가족과 같으신 분이시니 이 사태를 그냥 가만히 앉아서 지켜보진 않으실 게야."

하나같이 긍정적인 소식이다.

쟁쟁한 대신들이 나선다니 확실히 일이 진정될 것으로 보인다.

"그러니 너무 걱정하지 말게. 허면, 난 이만 가봄세. 밀린 일들이 아주 많아."

무림맹주가 문을 나섰다.

이현은 그 뒷모습을 가만히 바라보다가 이내 고개를 갸웃거렸다.

"이상한데?"

"뭐가 말입니까?"

옥분의 물음에 이현은 턱짓으로 방금 무림맹주가 나간 방문을 가리켰다.

"저거 말이야. 저거! 왜 저렇게 열심이야? 누가 보면 무당파가 맹주 문파인 줄 알겠어?"

"그게 무슨 또 말도 안 되는 트집이십니까?"

황당해하는 옥분의 반응에도 이현의 의구심은 쉬 사그라지지 않았다.

'저놈이 저럴 놈이 아닌데……?'

천마의 대제자.

무림맹주의 정체다. 야율한 때부터 이를 알고 있는 이현이니 만큼 맹주의 이런 적극적인 태도는 전혀 이해되지 않았다.

이현이 알고 있는 무림맹주는 전형적인 간신이다.

무공보단 오히려 정치력으로 상황을 해결하려는 인물인 동시에, 이득 없인 쉽사리 움직이지 않는 인간이다.

그런데 이번 일은 너무 적극적이다.

"그렇잖아. 너무 적극적이야. 저렇게 개 발에 땀 나도록 뛰어다닌다고 뭐 얻을 게 있다고 저러는지……."

무당파를 구하는 일이 무림맹주에게 어떤 이득이 될까.

적어도 이현의 짐작으로는 들이는 노력에 비하면 얻는 것이 별로 없는 일이다.

하지만 그건 순전히 이현의 생각일 뿐이다.

옥분의 생각은 전혀 달랐다.

"얻을 것이 왜 없습니까? 많기만 하죠!"

"많다니?"

"이 일을 적극적으로 수습하는 사람이 무림맹주입니다. 그럼 그만큼 무림맹 내에서도 맹주의 위상은 높아지기 마련이지요. 이렇다 할 지지 기반 없이 그 자리에 앉은 맹주의 입장에서는 본인의 능력을 증명할 수 있는 좋은 기회이지 않습니까. 그리고……."

"그리고?"

"사실 맹주 입장에서도 불안하겠지요. 아무리 진인께서 타계하셨다지만 그래도 무당파가 무당파가 아닌 건 아닙니다. 더욱이 부맹주님께서도 무당파 출신이고요. 무당파가 쓸려 나가면? 무림맹 전력은 그만큼 약화되겠지요? 또 재수 없으면 무림맹으로까지 황실의 칼이 겨누어질지도 모르는 일입니다."

"흠…… 하긴 어쨌든 무당파도 무림맹 맹원이니까. 나도 여기서 부맹주 자리 꿰차고 있고. 황실 입장에서는 한통속으로 보이긴 딱 좋긴 하겠네."

"네! 바로 그겁니다! 그러니 맹주가 저렇게 적극적으로 움직이는 거지요!"

모든 의심이 사라진 건 아니었지만, 옥분의 말을 듣고 보니 영 못 믿을 상황은 아닌 듯했다.

적어도 맹주가 이처럼 적극적으로 움직일 이유는 충분했으니까.

"뭐, 일단 기다려 보면 알겠지. 그보다 간저패는? 아직 소식 없어?"

"일단 연락은 넣어 두었습니다만 아직 연락 없었습니다. 아무리 간저패가 흑도라지만 소문을 수습하는 게 그렇게 간단한 일은 아니니까요. 아마 맹주보다 열심히 뛰어다니고 있을 겁니다."

어찌 되었든 이 사단이 일어난 원인 중 하나는 청수진인을 태극검제가 아닌 태극검황이라 부르는 이들이 생겨나서였다.

그렇다면 그것부터 바로잡아야 한다.

그래서 간저패에 명령을 전했다. 아무래도 흑도에 기반을 둔 간저패가 이 일엔 적격이었으니까.

물론, 이것도 옥분의 머리에서 나온 의견이다.

"그래야지. 뒈지기 싫으면."

옥분의 대답에 이현은 피식 웃음을 지었다.

욕심만큼이나 보신(保身)에 집착하는 간저다. 그런 간저가 이현의 명령을 거스를 리 없다.

그랬다가는 정말 죽을지도 모른다는 것을 모를 간저가 아니었으니까.

아직 이렇다 할 보고가 올라오지 않는 것은, 그저 이현이 시킨 일을 처리하느라 바빠서라 보는 편이 가장 그럴듯했다.

"뭐, 어쨌든 잘되고 있다는 것이로군."

만족스러웠다.

흡족한 이현의 미소에 옥분의 눈가에 웃음이 맺혔다.

"이제 마음이 놓이시는가 봅니다?"

"당연하지. 이제 곧 상갓집에서 술 마실 수 있게 됐는데."

이현은 히쭉 웃으며 고개를 끄덕였다.

벌써부터 입 안에 침이 고인다. 아니, 심장이 뛴다. 하루라도 빨리 무당산으로 돌아가고 싶다.

가서 얼큰하게 술맛을 즐기고 싶다.

그런데.

"예에! 그러시겠지요! 순전히 상갓집에서 마실 술 때문이겠지요! 예예!"

"뭐냐? 그 눈빛은?"

어째 옥분의 표정이 이상하다.

옥분은 마치 모든 걸 다 안다는 눈으로 바라보고 있었다.

퍽!

이현의 주먹이 날아갔다.

"아! 갑자기 왜 때리십니까!"

한 방에 쌍코피가 터진 옥분이 반발했지만,

"그냥. 마음에 안 들어서!"

이현은 태연했다.

*　　　*　　　*

"좋구나!"

부맹주전을 나서는 맹주의 얼굴엔 웃음이 가득했다.

"나오셨습니까! 맹주님!"

그런 맹주의 곁을 무사 하나가 따라붙었다. 가슴에 주(主)
자가 새겨진 백의를 입은 무사는 맹주 직속 무력부대였다.

"통제는? 잘되고 있나?"

맹주는 그런 무사의 물음에 짧게 질문을 던졌다.

얼굴 가득 머무른 웃음이 비열하게 바뀌는 것도 그 순간이
다.

"예. 지금까지 아무런 문제 요소는 없었습니다."

"그렇군!"

맹주는 고개를 끄덕였다.

그러면서도 당부를 잊지 않았다.

"절대 이현에게 외부의 소식이 전해져서는 안 된다. 정보차단에 유의해야 함을 잊지 마라."

"명심하겠습니다!"

"또한, 우리가 정보를 차단하고 있음을 눈치채서도 안 된다. 옥분이라는 놈을 특히 경계해야 할 듯싶군!"

"명심하겠습니다!"

거듭 고개를 조아리는 무사의 태도에 맹주의 얼굴은 그제야 만족스러운 미소가 걸렸다.

'호재를 그냥 흘려보낼 수야 없지!'

민란이 일어나고 황실에서 무당파를 향해 칼을 뽑아 든 것은 무림맹주인 그에게는 호재로 비쳐졌다.

아니, 이미 민란이 일어났단 소식을 전해 들었을 때부터 이 순간을 계획하고 있었다.

그것이 그가 지금껏 무림맹에서 맹주의 자리를 지킬 수 있었던 이유다.

'경우의 수는 둘!'

맹주가 계획한 계략의 결과는 둘이었다.

그리고 두 가지 결과 모두.

'상관없지. 어느 쪽이든!'

맹주에게는 나쁠 것이 없었다.

"이제 곧 이 무림맹이 내 손에 들어오겠구나!"

이 호재를 이용해 무림맹을 온전히 손 안에 넣을 생각을 하는 맹주의 입가에선 좀처럼 웃음이 떠나지 않았다.

"경계를 게을리하지 마라!"

그러면서도 경고를 잊지 않았다.

그렇게.

이현의 부맹주전은 외부의 모든 정보와 단절되었다. 맹주의 목적이 이루어지려면 그래야만 했다.

"이제 며칠만 버티면 된다!"

이제 맹주의 목적이 이루어지는 순간이 며칠 안으로 가까워졌다.

그리고 이틀 뒤.

＊　　　＊　　　＊

깊은 밤!

"헉! 헉! 헉!"

장한곤은 거친 숨을 몰아쉬며 다리 위를 내달렸다.

콰아아아아!

오래된 통나무 다리 아래로 거친 강물의 물살이 포효를 내지른다.

하지만 장한곤은 그런 것에 불안을 느낄 여유도 없었다.

굵은 허벅지 위로 칼자국이 선명했다. 등을 사선으로 가로지르는 상흔은 움직일 때마다 숨이 턱턱 막힐 만큼 괴로웠다.

상처에서는 피가 멈추지 않고 흘러나온다.

그러나 멈출 수는 없었다.

'무왕께 이 사실을 알려야 한다!'

장한곤은 입술을 악물었다.

그런 장한곤의 등 뒤로 횃불이 어지럽게 돌아다닌다.

"찾아라!"

"결코 놓쳐서는 안 된다!"

"생포하지 않아도 좋다! 발견 즉시 처형하라!"

그리고 장한곤을 쫓는 고함성이 들려온다.

'점점 가까워지고 있다!'

장한곤은 그들의 목소리로 거리를 가늠했다. 점점 더 가까워져 오는 상대와 다르게, 장한곤의 움직임은 점점 더 둔해지고 있었다.

피를 너무 많이 흘렸다.

특히나 허벅지 위로 아로새겨진 검상은 장한곤의 발을 무겁게 하고 있었다.

그때였다.

"찾았다!"

뒤쪽에서 누군가 소리쳤다.

"이쪽이다!"

그리고 앞에서도 목소리가 들려온다.

'포위되었다!'

장한곤은 자신이 포위되었음을 직감했다.

핏!

"큭!"

동시에 무언가 날아와 그의 종아리를 스치고 지나갔다.

'암기!'

암기다.

독을 발랐는지 스치는 순간 저릿한 느낌이 짜릿하게 종아리를 타고 올라왔다.

역시나, 감각이 둔화되고 있다.

결코 가벼운 독은 아니리라.

그 사이 어느덧 장한곤을 중심으로 횃불이 모여들었다.

횃불을 든 무인들은 저마다 병장기를 뽑고 있었다. 얼굴은 구분할 수 없다. 모두 복면으로 얼굴을 가리고 있었으니까.

자고로 복면을 뒤집어쓴 인간치고 떳떳한 일을 하는 경우는 드문 법이다.

이렇게 포위한 이들의 목적은 충분히 짐작이 가고도 남았다.

앞뒤 좌우.

어디에도 장한곤이 몸을 숨길 만한 곳은 없었다.

"끈기는 가상하다만 여기까지다."

포위한 무인들 사이에서 검은 장포를 둘러싼 무사 하나가 걸어 나왔다.

걸음이 규칙적이고, 일정하다. 호흡은 고르고, 기세는 무섭다.

그저 걸음을 옮기는 것만으로도 그에게서 흘러나오는 기운이 사방을 잠식해 간다.

고수다.

그것도 천하십대고수에 버금갈 만한!

"비켜 주실 수는 없으시겠습니까?"

장한곤은 상대를 바라보며 사정했다. 그러나 이윽고.

"헙!"

기함성을 삼켜야만 했다.

'무슨 눈이!'

복면 사이로 드러난 유일한 신체의 일부는 오로지 두 눈뿐이다. 헌데 그 눈동자가 이상하다. 흰자와 검은자위를 구분할 수가 없다.

그 모습이 괜히 모골을 송연하게 만든다.

"불가(不可)!"

그리고 무인의 입에서 흘러나온 대답은 절망적이다.

"후……!"

장한곤은 길게 숨을 내쉬었다.

'열. 아니, 스물!'

그러면서 한편으로는 자신을 포위한 무사들의 숫자를 계산하고 있었다.

앞뒤로 포위한 이들 중 모습을 드러낸 이가 열이고, 들어내지 않고 어둠 속에 몸을 숨기고 있는 이가 열이다.

도합 이십.

꿀꺽!

마른침을 삼키는 장한곤의 이마 위로 식은땀이 흘러내리고 있었다.

"보기보다 공력이 심후하구나. 칠보단혼독에 중독되고도 아직 버티고 있는 것을 보니! 순순히 잡히면 목숨만은 살려주마. 해독제도 주지."

무인은 장한곤을 회유하려 했다.

"더는 버틸 재간이 없음을 너도 알고 있을 텐데?"

무인의 말처럼.

장한곤은 너무 많은 피를 흘렸다. 더욱이 일곱 걸음에 목숨이 끊어진다는 칠보단혼독에까지 중독된 이상 제대로 된 무공을 펼쳐 낸다는 것은 사실상 불가능에 가까웠다.

"죄송합니다만 모시는 분을 뵈어야 하기에 그럴 수는 없을 것 같습니다."

그럼에도 장한곤은 고개를 저었다.

"굳이 죽음을 자초한다면 말리지는 않으마!"

순간 장한곤은 눈앞의 무사가 웃고 있음을 느꼈다. 비록 복면에 가려져 확실하진 않았지만, 분명 복면 사이로 보이는 두 눈은 웃고 있었다.

그리고.

화악!

무사가 손을 움직였다.

검게 물든 무사의 손짓에 장력이 일어났다. 검은 그의 손처럼 검은빛을 보이는 기운의 장력은 마치 호수 위에 일어난 파문처럼 허공에 동심원을 그리며 퍼져 나갔다.

넓은 면을 점하는 장법이다.

장한곤이 피할 수 있는 모든 범위를 차단한 공격이다. 심지어 거기에 실린 기운도 예사롭지가 않았다.

단 한 번의 일격으로 장한곤의 숨을 끊어 버릴 심산인 듯했다.

하지만 정작 장한곤을 놀라게 한 건 따로 있었다.

"흑수수라장(黑手修羅掌)! 어찌 마교의 무공이!"

눈앞의 무사가 펼친 무공이 무엇인지 한눈에 알 수 있었다.

비록 실제로 본 일은 없었지만, 중원에서 이 같은 현상을 보이는 무공은 그리 많지 않았다. 더욱이 거기에 실린 기운이 마기라면 흑수수라장이 유일했다.

이미 무림맹의 공격에 무너졌다고 알려진 마교의 무공이 눈앞에 펼쳐졌으니 심장이 떨어지는 듯한 심정이었다.

하지만.

으득!

장한곤은 이내 이를 악물었다.

그리고.

"으아아아악!"

고성을 내지르며 앞으로 내달렸다. 비록 공력을 일으켜 전신을 보호하고 있다곤 하지만, 마교에서도 열 손가락에 꼽히는 장공인 흑수수라신공을 맨몸으로 버텨 낸다는 것은 불가능에 가까웠다.

펑!

"크아아아악!"

역시나.

단 한 번의 충돌에 비명을 내지르며 나가떨어질 수밖에 없었다.

정한곤의 거구가 허공에 일장이나 떠오를 만큼 강력한 장력이었다.

"이런!"

그러나 정작 낭패성을 터트린 쪽은 공격한 무인이었다.

장력을 맞고 장한곤이 튕겨져 나간 방향이 문제였다. 장력을 맞고 튕겨져 나간 장한곤의 신형이 향하는 방향은 다리 밖. 강물이었다.

"얕은수를!"

다 잡은 물고기를 놓치게 생긴 무인은 급히 손을 털어 연거푸 장력을 쏟아 냈다.

풍덩!

그러나 너무 늦었다.

장한곤은 몇몇은 맨몸으로 막아 내고, 또 몇몇은 거검을 휘둘러 장력을 상쇄시켰다.

그리고.

풍덩!

거친 물보라를 일으키는 강물로 떨어져 내렸다. 휘몰아치는 물살에 생겨난 새하얀 포말은 순식간에 장한곤을 삼켜 버렸다.

밤중에 거친 물살에 가라앉아 버린 장한곤의 신형을 찾는 것은 절대 쉬운 일이 아니다.

"찾아라! 무슨 일이 있어도 찾아내야 한다! 아니, 죽음을 확인하라!"

무사는 급히 명령을 내렸다.

"충!"

그의 명령에 지금껏 장한곤을 포위하고 있던 다른 무인들이 무릎을 꿇으며 답했다.

그리고 빠른 속도로 흩어져 강물에 뛰어든 장한곤의 흔적을 찾기 시작했다.

*   *   *

푸확!

강물 위로 두툼한 손 하나가 올라왔다. 손은 강물에 떠내려가며 잠시 허공을 방황했지만, 이내 근처의 바위틈을 잡아내는 데 성공했다.

이윽고 팔이 올라오고, 어깨가 올라왔다.

그리고.

"후하!"

얼굴이 솟아났다.

장한곤이다.

오랫동안 숨을 쉬지 못한 탓인지, 아니면 아직은 차가운 수온 때문인지.

장한곤의 얼굴은 파리하게 질려 있었다. 턱은 가만히 있어도 잘게 떨리고, 상처는 부르텄다.

"끄응!"

그러면서도 장한곤은 악착같이 바위 위로 자신의 거대한 몸을 올려놓는 데 성공했다.

"사, 살았구나!"

안도의 한숨과 함께 품 안을 뒤져 작은 환단 하나를 꺼냈다.

평소 그가 몰래 숨기고 다니던 구급약인 소활생단(小活生丹)이다.

위급 시 구급약으로 지참하던 것인데, 이런 상황에서 쓸 줄은 그도 상상하지 못했던 일이다. 제법 약효가 좋아 칠보단혼독에 중독된 몸도 능히 회복시킬 수 있으리라.

기실 소활생단이란 믿는 구석이 없었다면, 수영도 할 줄 모르는 몸으로 강에 뛰어드는 모험 따위는 생각조차 하지 못했을 것이다.

장한곤은 바위 위에 드러누워 단약을 꼭꼭 씹어 녹였다.

한시라도 빨리 몸을 회복해야 한다.

'가야만 한다!'

그에게는 가야 할 곳이 있었으니까.

하지만.

"……."

힘이 들어가지 않는다.

휘몰아치는 물살 속에서 버텨 내느라. 그리고 바위 위에 올라서느라 남아 있는 모든 체력을 쥐어짰다.

소활생단의 기운은 당장 독을 몰아내는 데 써야 하니, 체력을 회복할 엄두도 내지 못했다.

'가야 하는데……!'

장한곤은 멍하니 누워 밤하늘을 바라보며 같은 말만 중얼거렸다.

그러나.

"찾았다!"

"바위다! 바위 위에 있다!"

이윽고 예의 아까 그를 쫓던 이들의 목소리가 들려왔다.

상대는 끈질겼다.

강물에 휩쓸려 떠내려가는 그를 기어이 추격해 올 만큼!

이대로는 죽는다.

제 힘으로 몸을 일으켜 세울 힘도 남아 있지 않은 장한곤이 몰려드는 적을 상대할 수 있을 리 만무했다.

"칫!"

장한곤은 옅게 혀를 찼다.

그리고.

풍덩!

움직이지 않는 몸을 굴려 바위 아래로 떨어져 내렸다.

강물이 또다시 장한곤을 휩쓸고 지나갔다.

* * *

"놓쳤습니다! 죄송합니다."

복면 무인이 고개를 숙였다.

"바보 같은! 살아 있을 확률은?"

"이 할입니다."

"그렇군."

복면 무인의 대답에 그의 주인은 고개를 끄덕였다.

"아쉽지만 어쩔 수 없지. 하긴, 광대가 굳이 판 위에서 날뛸 필요는 없으니까. 어차피 차려질 판이라면 미리 광대가 분위기를 띄우는 것도 나쁘지 않겠군."

잠시 머릿속으로 생각을 정리하던 것 같던 그는 이내 고개를 끄덕였다.

"오늘부로 모든 경계를 해제한다."

그의 명령에.

"충!"

복면 무인이 오체투지하며 읍했다.

그리고 그 날 새벽.

무림맹 정문으로 무한표국의 깃발을 내건 마차가 당도했다.

第四章

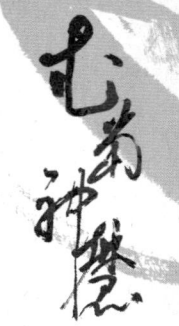

"……."

이현은 침묵했다.

"……."

그런 반응에 옥분은 조심스럽게 이현의 기분을 살피며 몸을 사렸다.

한참을 아무런 말도 하지 않던 이현이 문득 물었다.

"뭐냐? 이게?"

이현은 자신의 손에 들린 종이를 가리켰다. 하얀 건 종이요, 검은 건 글자다.

"우선 최근 한 달간 무림맹에 들어오고 나간 모든 서류와

서찰을 정리하여……."

옥분이 그런 이현을 위해 종이에 적힌 내용을 입에 올렸지만 이현은 고개를 저었다.

"간단히."

이현은 구구절절하고 복잡한 이야기를 가만히 들어 줄 만큼 인내심이 많은 사람이 아니었다.

옥분도 이를 알기에 이에 대해서는 더는 아무 말도 하지 않았다. 대신 작은 한숨과 함께 또 다른 서찰 한 장을 꺼내 건넸다.

"그럼 이걸 보시지요."

서찰은 물에 젖었었는지 여기저기가 쭈글쭈글하게 일그러져 있었다. 군데군데 글자를 알아볼 수 없을 만큼 훼손되고 찢어져 있었다. 그나마 남은 부분도 얼룩덜룩한 혈흔이 고스란히 남아 있다.

"이건 또 뭐야?"

이현의 물음에,

"아니, 현재 무림의 어느 단체도 관부와 접촉이 불가능하다는 내용입니다. 평소 연이 있던 대신들 모두 만남을 거부하고 있다고 합니다."

"……."

옥분의 대답에 이현은 침묵했다.

"애초 무림맹주는 황실과 접촉한 사실이 없습니다. 앞서 올린 서류들은 오늘 새벽에 직접 파악한 증거 자료들입니다. 거기에도 역시 황실과 접촉했다는 이야기는 존재하지 않습니다."

이어지는 옥분의 설명에 이현의 입술이 씰룩거렸다.

"구라를 깐 거네? 맹주 그 새끼가?"

"예!"

"……."

한 치의 망설임도 없는 옥분의 대답에 이현은 눈을 감았다.

'어쩐지 의심스럽더라니!'

이번 일에 적극적으로 나서는 맹주의 행동이 의심스러웠던 것이 사실이다.

다만, 맹주가 이처럼 적극적으로 나서는 행동에는 그만한 이유가 있었기에 그냥 대수롭지 않게 넘어갔을 뿐이다.

옥분도 그렇게 이야기했고.

그런데 그것이 아니었나 보다.

"지금 손에 쥐고 계시는 서찰은 오늘 새벽 장한곤이 찾아와 전한 것입니다. 현재 장한곤은 의식을 잃고 혼절한 상태며, 제가 따로 마련한 안가에서 휴식을 취하고 있습니다. 다행히 외상에 비해 내상이 적어 오늘 하루만 지나면 거동은 가능할 듯싶습……."

이어지는 옥분의 보고는 귀에 들어오지 않았다.

"이 새끼가!"

그보다는 일단 무림맹주에게 속았다는 사실이 더욱 화가
났다.

이현이 탁자에 내려놓았던 검과 도를 들고 일어섰다.

"일단, 참으십시오! 대안을 마련한 뒤에 응징해도 늦지 않
습니다."

"몰라 그딴 거!"

옥분이 말렸지만 그런 걸 들을 이현이 아니었다.

대안과 해결책은 찾은 건 옥분의 일이지, 이현의 일이 아
니다.

이현이 옥분을 아직 곁에 붙들고 있는 것은 마음껏 활개 치
기 위해서일 뿐이지, 함께 머리를 맞대고 고민하자고 그런 것
이 아니다.

해결책과 대안책을 찾는 건 옥분의 일이다.

그리고 날뛰는 것은 이현의 몫이다.

하지만 이현은 집무실을 나설 수 없었다.

"도사님! 아니, 부맹주님! 저 정만입니다!"

집무실로 들어오는 정만 때문이었다. 아니, 정만의 손에 들
린 커다란 나무 궤짝 때문이라는 말이 맞았다.

"젠장! 그건 또 뭐하는 건데?"

가뜩이나 심기가 불편한 상태이니 이현의 말투가 고울 리 만무했다.

"그것이…… 오늘 부맹주님 앞으로 도착한 물건입니다."

"냅 둬. 나중에 확인할게! 일단 맹주 모가지부터 따고!"

이현은 궤짝을 대수롭지 않게 여겼다.

하지만, 평소 이현의 말이라면 무슨 말이라도 듣던 정만의 반응이 이번에는 달랐다.

"저…… 그래도 한번 보셔야 할 것 같습니다. 간저에게서 온 물건인데…… 아! 일단 이 서찰을."

"아! 나중에 본다고!"

기분도 안 좋은데 오늘따라 말까지 안 듣는 정반의 태도에 이현의 목소리에 다시 한 번 신경질이 섞였다.

이현은 거칠게 정만을 밀어내고 걸음을 내디뎠다.

그러나.

"진인께서 맡기신 물건이라고 합니다!"

이어지는 정만의 말이 이현의 발걸음을 붙잡았다.

"……뭐?"

"그…… 서찰을 보시면 아시겠지만, 진인께서 생전에 직접 맡기신 물건이라고 합니다."

그리고 정만이 서찰을 내밀었다.

거칠게 그 서찰을 받아 읽어 내려가던 이현의 눈빛이 굳었다.

　　도사님께서 무림맹으로 떠나시고 얼마 뒤에 진인께서
찾아와 대두에게 이것을 맡겼다고 합니다. 최근 경황이
없어 이제야 보내드리게 됨을 사죄드립니다.
　　― 간저.

　공부 끈 짧은 간자답게 서찰의 내용은 간단했다. 그것이
전부다.
　"내놔 봐."
　그러나 그것으로 충분했다.
　당장 무림맹주 모가지를 딸 생각밖에 없었던 이현이 반응
했으니까.
　이현의 명령에 정만이 조심스럽게 궤짝을 탁자 위에 내려놓
았다.
　덜컥!
　이현은 능숙한 손짓 몇 번으로 궤짝을 열어젖혔다.
　"이게……!"
　간저가 보내온 서찰만큼이나 그 안에 담긴 내용물 또한 간
단했다.
　비단 주머니에 쌓인 태청단 하나.

그리고 검 하나와 서찰 하나.

"청극검!"

푸른빛을 띠는 송문고검.

이현이 아는 한 이런 색을 띠는 송문고검은 딱 하나다.

야율한이었을 때는 지겹게도 맞대었던 무당신검의 검이었고, 이현이 된 지금은 죽은 청수진인이 늘 차고 다니던 검이었다.

너무 자주 봐서 이젠 지긋지긋하기까지 한 검이다.

사락!

뒤이어 이현은 그것들과 함께 동봉된 서찰을 꺼냈다.

간단했다.

간저가 보낸 서찰에 담긴 글귀보다 더 간단했다.

고맙구나.

그것이 전부다.

"……염병!"

서찰을 확인한 이현의 눈빛이 흔들렸다.

태청단과 청극검. 그리고 고맙다는 글귀가 적인 서찰.

"염병! 뭐가 고맙다는 건데!"

빌려준 돈 갚는 것도 아닌데 고맙긴 뭐가 고맙단 말인가!

화가 났다.

대체 청수진인은 뭐가 그리 고마운 것인지 알 수 없어 더욱 화가 났다.

펑!

부맹주전이 무너져 내렸다.

*　　*　　*

　우선 급한 건 무당파입니다. 황군은 이미 무당산 지
　척까지 당도했다고 합니다.

귓가에 다급한 옥분의 목소리가 아직도 맴돌았다.

"……황군은 지랄!"

이현은 나지막하게 욕설을 내뱉었다.

뚜벅. 뚜벅.

그러면서도 걷는다.

"고맙긴 개뿔 뭐가 고맙다는 건진 설명해 줘야 할 것 아니야! 빌어먹을 노친네!"

머릿속엔 고맙구나라는 글귀를 새겨 놓은 듯 선명하다.

도통 떠나질 않는다.

미치겠다.

아주 궁금해서 미칠 지경이다.

"하여간 이놈의 노친네는 설명을 안 해 줘! 설명을! 참화동에서 꺼낼 때도 그러더니! 이번에도! 이번엔 또 무슨 개수작인데!"

이유도 모른 채 참화동에서 나와 얼마나 개고생을 했던가.

혜광에게 시달린 나날들을 떠올리면 아직도 이가 갈린다.

그런데 이번에도 또 이유도 말해 주지 않고 고맙단다.

"내가 듣고 만다! 죽은 시체 일으켜 세우는 한이 있더라도 뭐가 고마운 것인지 듣고 만다! 이 빌어먹을 노친네야!"

그러니 더 궁금하다.

또 어떤 개수작으로 사람 환장하게 만들 속셈인지 기어이 알아내고 싶었다.

사람이 궁금하니 짜증도 나고, 화도 난다.

막 심장이 먹먹한 것이 아주 저릿저릿하다. 괜히 울컥울컥 속에서 뭔가 튀어나올 것만 같다.

이것도 참 기분 더럽다.

'하여간 사람 기분 더럽게 하는 데는 뭐가 있다니까!'

무림맹으로 떠나기 전날 함께 술 마실 때도 그렇게 사람 기분 더럽게 만들더니, 이젠 서찰 한 통으로 사람 기분을 시궁창에 처박아 버린다.

말을 하려면 확실하게 하지 이게 뭐란 말인가!

더 기분 나쁜 것은 그 궁금증을 해결하기 위해서 당장 무당파로 가야 한다는 사실이다.

그토록 탈출하고 싶었던 그곳에 제 발로 걸어 들어가게 생겼다.

뚜벅! 뚜벅!

계속해서 걸음을 옮긴다.

그런 이현의 손에 푸른 청극검이 들려 있다.

웅! 웅!

청극검이 운다.

그 검명이 이현의 정신을 일깨웠다.

우뚝!

걸음을 멈추었다.

"뭐냐? 이건 또?"

이현의 고개가 삐딱하게 꺾였다.

"멈추시게!"

무림맹주의 목소리가 가장 먼저 이현을 반겼다.

"많이도 왔네."

이현을 정면을 바라보며 중얼거렸다.

많다.

전에 검왕을 죽였을 때보다 더.

무림맹 내에서도 방귀깨나 뀐다는 고수들까지 동원되어서

앞을 가로막고 있다.

아마 외부에 나가 있는 전력을 제외한 무림맹 전력의 전부가 지금 눈앞에 있는 것이 아닌가 싶다.

그것도 무기까지 뽑아 들고!

"어딜 가시는 건가!"

그 앞에서 무림맹주가 물었다.

아주 뻔뻔했다.

빌어먹을 노친네가 남긴 궁금증만 아니었더라면, 당장 모가지 날아갔었을 무림맹주가 당당히 눈앞에 버티고 서 있다.

그다지 싸우고 싶은 마음도 없다.

한시라도 빨리 무당파로 돌아가 죽은 청수진인 멱살 붙잡아 세워 왜 고마운 건지 그 이유부터 듣는 것이 먼저다.

그러니.

"비켜!"

평화적으로 말로 해결하려고 했다.

어차피 무림맹주쯤이야 다음에도 언제든 죽일 수 있으니까.

"혹! 무당파로 갈 생각이신 겐가?"

그런데 안 비킨다.

"……"

이현은 무림맹주의 물음에 입을 꾹 다물어 버렸다.

"경솔한 짓 말게! 지금 무림맹 차원에서 적법한 절차를 통하여 황실에 접촉하고 있네! 잠시만 기다리면 곧 황군이 물러 갈 것일세!"

낯짝이 얼마나 두꺼운지 이미 들통 난 거짓말을 아무렇지 않게 한다.

"구라는!"

"거짓이 아니네! 나를 믿게! 또한 그대의 본분을 잊지 말게! 그댄 무당파 출신이지만, 이젠 무림맹의 부맹주야! 그대가 나서면 그땐 정말 무림과 황실의 전쟁이 될 것은 불 보듯 뻔한 일이지 않은가!"

이현의 빈정거림에도 맹주의 표정은 조금의 변화도 없었다.

표정만 보면 정말 무림을 위해 일평생을 희생하는 인간인 듯한 착각을 불러일으킬 정도다.

실제로 맹주 뒤에 선 이들의 표정을 보아하니 딱 그렇게 믿고 있는 듯싶다.

'여기서 저놈 정체 까발려 봐야 소용없겠군.'

이런 분위기와 상황 속에선 무림맹주가 실은 천마의 제자라는 사실을 밝혀 봐야 소용이 없다.

그저 무당파로 돌아가는 데 정신 팔려 내뱉은 헛소리로 치부할 것이 뻔했으니까.

긴말 섞기 싫다.

괜히 힘 빼기도 싫다.

일단은 한시라도 빨리 무당파로 돌아가고 싶다.

'돌아가서 그 이유라도 알아야지!'

그러니.

"비켜!"

짧게 경고했다.

"비킬 수 없네! 그대 한 사람의 경솔한 행동으로 온 무림을 피바다로 만들 작정인가! 그대가 물러서지 않는다면 우리도 무력을 동원할 수밖에 없음을 명심하게!"

도리어 무림맹주가 경고한다.

피식.

웃음이 나왔다.

등 뒤의 무인들을 믿고 당당히 나서는 무림맹주의 모습이 같잖다.

한편으로는 어처구니가 없다.

무림맹주가 이토록 뻔뻔한 낯짝을 디밀고 설쳐 댈 마음을 갖게 한 스스로가.

"그래."

인정해야 했다.

"염병!…… 그동안 내가 물렁했지?"

무당파 물 좀 먹었다고 아주 그냥 물렁물렁하게 지냈다.

스확!

청극검이 움직였다.

세상이 사선으로 갈라진다.

그리고.

팟!

이현은 사선으로 갈라진 세상의 틈새로 뛰어들었다. 잔상
조차 남기지 않는 빠른 움직임.

그리고 그 뒤에.

퍽!

이현은 손에 쥔 청극검을 그대로 무림맹주의 미간에 쑤셔
넣었다.

누구도 미처 대응할 틈도 없이 이루어진 공격이다.

미간을 관통한 청극검에 두 눈을 부릅뜬 채 굳어 버린 무림
맹주를 끌고 달리면서 이현은 그의 귀에 속삭였다.

"그러니까 이제부터 아주 딱딱하게 가 보자고!"

푸확!

검을 뽑았다.

더불어.

그그그그긍!

무림맹 전각이 사선으로 갈라져 내리고 있었다.

혼원살신공 제이초.

멸세를 발동시킨 것이다.

그리고 그건 곧 싸움의 시작이었다.

아니, 무당신마의 탄생이었다.

*　　　*　　　*

"염병! 더럽게 많네!"

투덜거리는 것은 이현이었지만,

"으아아악!"

비명을 지르는 건 무림맹 무사들이었다.

기습으로 시작된 싸움은 일방적으로 이현에게 유리하게 흘러가고 있었다.

당연했다.

그들을 지휘해야 할 무림맹주는 미간에 칼 꽂혀서 죽었으니까.

하지만 이처럼 유리한 상황이 언제고 계속되지만은 않을 것임을 이현은 잘 알고 있었다.

당연하다.

아무리 스스로 운기행공을 행한다는 태극무해심공을 익혔다고 하지만, 그럼에도 이현의 내공은 유한하니까.

더욱이 명색에 정파의 중심이라는 무림맹 무사들의 무위가 동네 파락호 수준은 아니었으니까.

아니, 엄연히 그들도 하나하나가 고수라고 칭해도 모자람이 없을 인간들이다.

정파 무림을 열로 나누어 그중 첫 손에 꼽히는 실력자만이 무림맹에 들 수 있었으니까. 더욱이 각파의 장문인을 비롯한 장로들에 준하는, 혹은 그 이상 가는 실력자들도 즐비한 곳이 이 무림맹이다.

혼자 힘으로 이들을 상대하는 데는 한계가 있다.

"운신할 공간을 주지 마라! 압살시켜라!"

벌써 대응책이 나온 것만 보아도 알 수 있다.

인간의 팔다리가 열 개가 아닌 이상에야, 한 손으로 열 손을 당할 수는 없다.

먼저 치고 먼저 빠져야 한다.

그래야 내가 칼 안 맞고 칼침 놓는 일이 수월하다.

그러자면 필수적으로 마음대로 움직일 공간이 필요하다.

그런데 그 공간을 빼앗겼다.

그것은 곧 수세에 몰릴 수밖에 없음을 의미했다.

'하여간 이런 건 정파 놈들이 더 지독하지!'

한마디로 숫자로 밀어붙이라는 것이다. 차륜전으로 서서히 적을 압박해 나가는 것이 아닌, 몸으로 적을 압박해 나가라는 것이다.

달리 말하면 그냥 죽으라는 말이다.

얼마가 죽어 나가든 그저 상대만 죽이면 그만이라는, 진법도 전술도 뭣도 아닌 단순한 숫자 싸움이다.

그래서 무식하지만, 가장 상대하기 귀찮아진다.

무식하기에 틈이 없는 것이다.

혈천신마 때에도 겪어 봤다. 마교에서 쉬 하지 못하는 이 방법을 정파에서는 정의니 대의니 하는 명분을 내세워 아무렇지 않게 펼치곤 했었으니까.

물론,

"내가 등신이냐! 그딴 것에 당하게?"

많이 경험해 본 만큼 나름의 해법도 가지고 있었다.

쿵!

강력한 진각과 함께 뻗어 나간 이현의 주먹이 접근해 오던 무사의 가슴을 후려쳤다.

뒤에 다닥다닥 붙어서 밀고 들어오는 놈들 때문에 튕겨 내지는 못했지만 그렇기에 주먹은 더욱 깊이 상대의 몸 안에 파고들었다.

늑골이 부서지고 가슴뼈가 함몰되었다. 심장이 터져 나간 감촉이 주먹 위로 고스란히 전해질 정도다.

사람인 이상 살아 있을 리 없다.

하지만 이현이 고작 한 놈 죽이겠다고 주먹을 펼친 것은 아니었다.

퍼버버버버벅!

죽은 무인을 방패 삼아 다닥다닥 붙어서 밀고 들어오던 무사들의 머리가 터져 나갔다.

십단금이다.

'치고 빠질 수 없으면, 결국 대량 학살이지!'

비록 공력 소모는 많아질 수밖에 없지만, 한 번에 대량으로 죽여 버리면 다시 치고 빠질 공간을 얻을 수 있다. 그다음에는 기회는 얼마든지 있다.

타닷!

이현은 이미 죽은 무사의 가슴을 계산처럼 밟고 뛰어올랐다.

"어림없다!"

그런 이현을 향해 노 무사 하나가 칼을 뽑고 뛰어올랐지만.

"지랄!"

이현은 그저 청극검 한 번 휘두르는 것으로 노 무사의 공격을 빗겨 냈다.

텁.

그리고 스쳐 지나가는 노 무사의 멱살을 움켜쥐고 천근추를 발휘했다.

푸푸푸푸푹!

"커헉!"

빠른 속도로 떨어지는 동시에 멱을 움켜진 노 무사를 바닥에 내리꽂아 버렸다.

졸지에 바닥에 깔리게 된 노무사는 다른 무림맹의 무사들의 칼날에 전신이 꼬챙이처럼 꿰여 단말마의 비명을 내질렀지만 그뿐이다.

과도로 칼빵을 맞아도 그만큼 맞았으면 죽는다.

하물며 시퍼렇게 날 든 장검에 꽂혔으니 숨이 붙어 있을 리가 없다.

이현은 노 무사의 몸을 방패로 삼은 것이다.

그 위로 이현이 떨어져 내렸다.

크게 검을 휘두른다.

휘두른 검 끝에 맺힌 검기가 노무사의 몸을 꿰뚫고 삐죽 올라온 칼날들을 모두 잘라 버렸다.

공간이 생겼다.

척!

이현은 허리 넓이로 다리를 벌리고 검 끝을 힘없이 늘어트렸다.

전혀 싸울 의지가 없어 보이는 동작이다.

허나,

씨익!

입가에 걸린 웃음과 번뜩이는 두 눈엔 여전히 전의가 가득
했다.

스윽!

검이 움직인다.

사선으로 움직이는 검 끝이 만들어 내는 궤적에 세상이 서
서히 갈라지기 시작했다.

또다시 멸세를 펼치고 있는 것이다.

"피, 피하라! 산개하라!"

그 움직임을 읽은 이들이 급히 소리쳤다.

마치 늑대를 피해 도망치는 양 떼처럼 이현의 검로에서 벗
어나기 위해 사방으로 흩어졌다.

하지만 달랐다.

이현의 검 끝이 지나가고, 미처 세상이 다 갈라지기도 전에.

이현의 검이 또다시 움직였다.

"제삼초. 혈해(血海)!"

갈라진 세상의 틈새를 찢어 버리는 검.

혜광을 통해 깨달음을 얻은 직후에 단 한 번 펼쳐 보였던
그 무공이 이 자리에서 펼쳐졌다.

허공에 무수하게 많은 검기 다발이 찢어진 세상의 틈새로
쏟아져 들어간다.

그 경로에 자리하고 있는 모든 이들이 공격 대상이다.

추화악!

단 일 초로 일백의 목숨을 거두었다.

온몸이 난자된 일백의 무인은 시신조차 온전히 남아 있지 않았다.

피 안개가 자욱하게 피어오르고, 조각조각 찢어진 육편이 비처럼 바닥으로 떨어져 내렸다.

어느덧 이현의 반경 오 장이 아무도 없는 공터가 되어 버렸다.

"……."

단 일수로 백여 명의 목숨을 거두어버리는 경이적인 무위에 삽시간에 주위는 침묵이 감돈다.

그 속에서 이현은 걸었다.

찰박! 찰박!

무수한 이들이 쏟아 낸 핏물이 발목까지 차올라 걸을 때마다 찰박인다.

지금 이 순간 이현의 발걸음 소리만이 정적을 깨트리리며 울려 퍼지고 있었다.

허나, 이번엔 누구도 섣불리 앞을 가로막지 못했다.

눈앞에 펼쳐졌던 눈으로 보고도 믿기 어려운 무위에 선뜻 나설 수 없었던 탓이다.

하지만 정파가 괜히 정파가 아니다.

새외와 마교는 물론, 사파까지 손 안에 넣었던 혈천신마를 상대로 무당신검을 필두로 삼십 년을 더 버틴 이들이 정파 놈들이다.

고리타분한 데다가 지독하고 끈질긴 걸로 따지면 정사마 중에서 단연 최고다.

"막아라!"

눈앞에서 동료들이 죽어 나가는 것을 보고도 기어이 다시 달려든다.

저벅저벅 걸음을 옮겨 가던 이현의 눈썹이 꿈틀거렸다.

"이걸 똑똑하다고 해야 하나, 치사하다고 해야 하나? 아니면 그냥 지독하다고 해야 하나?"

가장 선두에서 달려오는 무인들의 복장이 눈에 익다.

남궁형위가 입고 있던 복장과 같은 차림이다. 그렇다면 남궁형위와 같은 소속이란 뜻이리라.

무림맹 최고 무력집단.

승룡단이었다.

그저 의협심이 앞서 달려드는 것인지, 아니면 큰 무공을 펼친 뒤 찾아오는 빈틈을 노리고 달려오는 것인지는 모른다.

어쨌든 적이란 건 확실했다.

그냥 조용히 무당파만 다녀올 심산이었는데, 왜 이렇게 걸리적거리는 놈들이 많은지.

'오분지 일.'

얼핏 눈대중으로 자신이 죽인 규모를 가늠해 본다.

처음 그를 막아섰던 이들 중 오분지 일을 처리했다.

단순 계산이다. 거기엔 개개인의 무위의 차이는 넣지 않았으니까.

'많이 죽였네.'

그리 길지 않은 시간 동안 제법 많이 죽였다.

그리고 아직 여력이 남아 있었다.

"그럼 이제 사분지 일!"

부나방처럼 달려드는 승룡단만 처리하면 이제 사분지 일의 목숨을 거둔 것이 된다.

이현의 검이 다시 움직였다.

피 분수가 튀어 오른다.

앞을 가로막는 것은 무엇이든 베어 버리는 이현과, 그런 이현을 막기 위해 필사적으로 덤벼드는 무림맹 무사들의 싸움은 그야말로 처절했다.

이현의 전신은 무림맹 무사들의 피로 흠뻑 젖어 있었다.

두 눈과 웃을 때마다 드러나는 새하얀 치아를 제외한다면 온통 붉은색으로 물든 혈인이라 하여도 믿을 정도다.

"비켜라!"

콰득!

앞을 막아선 승룡단원의 고개를 잡아 꺾어 버린 이현이 일갈했다.

"죽어라!"

그러나 무림맹 무사들은 지치지도 않는지 여전히 검을 날려 온다.

펑!

달려오는 적을 다리로 걷어차 밀어낸 이현은 검을 휘둘러 그대로 상대의 목을 잘라 버렸다.

그리고.

"후우!"

깊게 숨을 들이켠다.

힘없이 늘어트리는 검.

또다시 멸세를 펼치기 위한 자세를 잡고 기운을 끌어올린다.

그때였다.

슈슈슉!

화살이 날아들었다.

그리고.

두두두두두두!

땅이 진동한다.

갑자기 날아든 화살에 무림맹 무사들은 제대로 된 대응도 하지 못하고 쓰러졌다.

극히 일부분일 뿐이다.

하지만 그것이 끝이 아니었다.

퍼석!

이현의 앞을 막아섰던 무사의 머리 위로 거도가 도끼처럼 내려 찍혔다.

"부맹주님! 아니, 도사님!"

갑작스러운 공격에 속절없이 무너지는 무사 뒤에서 익숙한 얼굴이 보였다.

정만이다.

그리고.

쾅과과과과!

이윽고 뛰어들어 오는 일단의 인마(人馬).

"하여간 그놈의 성질머리는! 가시려면 좀 조용히 가시지 이게 무슨 난립니까!"

그 선두에 옥분이 있었다.

의혈단과, 적조.

적조 의혈단이 싸움을 합류한 것이다.

말 위에 올라타 수하들을 지휘하는 한편 다가오는 무림맹 무사들을 저지하는 옥분은 이현을 보며 소리쳤다.

"먼저 가십시오! 곧 뒤따라가겠습니다!"

"……."

그런 옥분을 이현은 멀뚱히 바라봤다.

옥분을 바라보는 이현의 두 눈에 담긴 감정은 확실했다.

'이놈이 뭘 잘못 처먹었나?'

싸움이라면. 특히나 이렇게 큰 규모의 부담스러운 싸움이라면 목숨을 걸고 반대하던 옥분이 시키지도 않았는데도 먼저 나섰으니 이현의 입장에서는 황당할 따름이다.

그 눈빛에.

"뭐, 뭡니까? 왜 그런 눈으로 보십니까? 젠장! 저도 좋아서 이러는 거 아니니 그런 눈으로 보지 마시죠! 도사님이 이 난리 치셨는데, 가뜩이나 미운털 박힌 저희라고 무사하겠습니까?"

찔끔한 옥분이 바락 소리쳤다.

피식!

옥분의 반응에 웃음이 나왔다.

"그러지."

일단 목표가 무림맹이 말살이 아닌 무당파인 이상, 괜히 쓸데없이 여기서 힘 뺄 필요는 없었다.

"하하하! 도사님은 걱정 마십시오! 이 정만에게 다 맡기시면 됩니다!"

정만은 자신만만하게 가슴을 탕탕 쳤다.

그리고 고개를 돌려 한창 무림맹 무사들을 상대하고 있는 수하들을 향해 소리쳤다.

"얘들아! 도사님 나가신다! 길 닦아 드려라!"

전장의 한복판을 가로지르는 정만의 외침.

"예!"

"예!"

그 외침에 적조의혈단이 화답했다.

길이 열렸다.

그 길은 무당파를 향해 곧게 나 있었다.

第五章

　며칠 동안이나 눈이 내렸다.

　찬바람은 휘몰아쳤고, 내리는 눈의 무게를 이기지 못한 소나무는 뚝뚝 소리를 내며 부러져 내렸다.

　그런 겨울날.

　저자에 나섰다.

　가장 좋은 누비옷을 입고, 작년 생일에 선물로 받은 당혜를 신고.

　어미의 손을 잡고 먼 눈길을 걸어 나선 저잣거리다.

　저잣거리로 향하는 길은 춥지 않았다. 손을 잡아 주는 어미의 손이 따스했고, 오랜만에 저자로 나선 길에 가슴은 기대로 두근거렸으니까.

춥기는커녕 오히려 더웠다.

누비옷 안에는 땀이 차오를 정도였으니까.

그렇게 찾은 저잣거리다. 열 밤 만에 다시 온 저잣거린지, 백 밤 만에 다시 찾은 저잣거리인지는 기억나지 않는다.

그저 아주 오래간만에 어미의 손을 잡고 저잣거리에 나섰다는 것만 기억날 뿐이다.

오랜만에 나온 저잣거리는 꿈만 같았다.

어미의 손을 잡고 가장 맛있는 객점에서 든든하게 배를 채웠다. 평소에는 비싸다고 하나밖에 안 사주던 당과도 정말 배부르게 먹었고, 뜨거운 밀전병과 교자도 후후 불어 식혀 가며 먹었다.

특히나 어미가 꼬챙이에서 직접 하나하나 뽑아 먹여주던 당과는 정말 맛있었다.

즐거웠다.

해가 머리 위를 지나 서쪽으로 기울어 갈 때까지 그렇게 어미의 손을 잡고 저자를 돌아다녔다.

그리고.

저녁이 가까워질 때쯤 어미는 기다리라 했다.

커다란 돌담이 둘러진 큰 기와집 대문 앞에서.

어미는 두 눈을 마주하고 기다리라 말했다.

잠시 다녀올 곳이 있으니 기다리라고. 금방 돌아오겠노라고.

그렇겠다고 했다. 착한 아이는 어미의 말을 잘 들으니까.

그렇게 큰 돌담 밑에 웅크리고 앉아 기다렸다.

멀리 멀어지는 어미의 뒷모습을 바라보며 기다렸고, 언제쯤 돌아올까 하는 상상을 하며 기다렸다.

눈을 감고 일부터 열까지 헤아렸다. 일부터 열까지 모두 헤아리고 눈을 뜨면, 어느새 돌아온 어미의 모습이 눈앞에 펼쳐질 것만 같았다.

일에서 열까지. 또 일에서 열까지.

헤아리고 또 헤아렸다.

해가 저물고 밤이 될 때까지, 그리고 다시 해가 떠오를 때까지.

손발이 차갑게 얼어붙고, 입술이 보라색으로 물들고, 온몸이 떨려 오고, 배가 고파져도.

기다렸다.

이튿날도 그 이튿날도.

곧 돌아오마 말했던 어미를 기다렸다.

이튿날 점심부터 내린 눈이 몸 위로 쌓이고, 눈앞이 흐려져도 기다림을 멈추지 않았다.

그렇게 네 번의 밤이 지났다.

기다림에 지쳐 더 이상 앉아 있을 기운조차 남지 않아 흐릿한 눈으로 돌담 아래 바닥에 몸을 뉘었을 때.

노 도사가 말을 걸었다.

춥지 않느냐고. 배고프지 않느냐고. 또 여기서 무얼 하고 있느냐고.

그래서 답했다. 착한 아이니까.

춥다고, 배고프다고, 어미를 기다리고 있다고. 어미가 곧 돌아오겠노라 했다고.

노도사가 또 물었다.

함께 가지 않겠느냐고.

그래서 고개를 저었다.

기다리고 있었으니까. 어미가 곧 돌아오겠노라 했으니까. 착한 아이는 어미의 말을 잘 들으니까.

그렇게 또 이틀 사흘.

더 이상 추위도 느껴지지 않게 되었다. 허기도 느껴지지 않았다. 눈앞이 뿌옇게 흐려지고 눈도 뜨기 어려워졌다.

그때 다시 노도사가 찾아와 물었다.

함께 가지 않겠느냐고.

그 노도사의 말에 힘겹게 고개를 끄덕였다.

노도사는 몸을 들어 안아 주었다. 따뜻했다. 잊혔던 추위가 다시 느껴졌고, 허기와 목마름이 느껴졌다.

노도사의 품에 안겨 길을 떠나면서.

바라보았다.

돌담 아래 세상을 가득 덮은 눈 위에 남은 동그란 흔적을.

며칠 동안이나 어미를 기다렸던 그곳과 멀어지는 광경을 자꾸만 감겨 오는 눈을 억지로 뜨며 바라보았다.

그리고 생각하고 또 되뇌었다.

그냥 기다리지 못한 것이다. 어미는 돌아오고 있을 것이다. 약속했으니까. 저기 저 멀어지고 있는 그 자리에서 기다리라고 했으니까.

그러니까 그저 춥고 배고파서 기다리지 못했던 것뿐이다.

작년 생일날 당혜를 사달라고 떼를 써서도 아니고, 당과를 너무 많이 먹어서도 아니고, 밤중에 무서운 꿈에 놀라 깨어 울음을 터트려서도 아니다.

어미에게 내가 귀찮아져서도 아니다. 내가 착한 아이가 아니어서도 아니다.

그저 기다리지 못했을 뿐이다.

그렇게.

그저 기다리지 못해 노도사의 품에 안겨 무당파에 도착했다.

할아버지 같은 사형들이 생겼고,

"안녕하세요. 사고. 저는 이현이라고 해요!"

모든 것이 낯선 무당파에서 먼저 손을 내밀어 준 오빠 같은 사질이 생겼다.

청화는 숙였던 고개를 들었다.

가장 먼저 고개를 돌려 뒤편에 자리 잡은 청수진인의 위패를 확인했다. 그리고 다시 고개를 돌려 눈앞에 펼쳐진 무당파의 광경을 두 눈에 담으며 숨죽였다.

그곳에 할아버지 같은 사형들이 모두 나와 있다.

머리를 풀어헤치고, 거친 마의를 입고 바닥에 엎드려 오체투지한다.

사형들만이 아니다.

청화에게는 사질이 되는 무당의 일대제자들은 물론, 이대제자들까지 모두 나와 오체투지를 하고 있었다.

그리고.

등 뒤로 군대를 이끌고 온 황태자가 연(輦) 위에 앉아 오만한 시선으로 무당파를 내려다보고 있었다.

장문인이 황태자에게 고했다.

"감히 미천한 백성이 황실의 권위를 침범하였나이다. 그 죄가 어찌 가볍다 할 수 있겠습니까! 하오나 염치없이 감히 청하건대 부디 이 늙은 빈도의 목숨으로 그 죄를 사하여 주시옵소서!"

장문인이 스스로 목숨을 내놓았다. 그 대신 무당파를 살려 달라 청한다.

그 모습에 청화는 입술을 깨물었다.

'거짓말! 우린 아무런 잘못도 하지 않았어!'

황제의 권위를 탐하고자 생각한 적도, 탐하려 한 일도 없었다.

그저 사람들이 죽은 청수진인을 태극검황이라 칭했을 뿐이다. 그의 죽음을 애도하려 했을 뿐이고, 그것이 민란으로 번졌을 뿐이다.

그중 어디에도 무당파가 황제의 권위를 넘보려 한 일들은 없다.

아니, 오히려 무당파는 총력을 기울여 태극검황이란 별호가 퍼지는 것을 막으려 애썼었다.

하지만.

누구도 청화의 그런 마음을 헤아리지 않았다.

황태자가 웃었다.

"국법을 무시하고 질서를 어지럽히는 무림의 너희가 스스로 죄인을 자초하고 징벌을 청한다?"

차가운 냉소를 머금은 황태자의 물음이 무당파를 무겁게 짓눌렀다.

"건방지군! 너의 목숨이 황실의 권위와 그 무게가 같다고 주장하고 싶나?"

황실의 권위를 침범하고, 민란의 원인이 되었다.

그것만으로도 이미 역모다.

그 죄는 죄인을 능지처참하고, 구족을 멸하여도 모란다.

그런데 고작 무당파 장문인의 목숨 하나로 그 죗값을 대신 치르려 한다.

황태자의 한 마디 한 마디는 그렇게 무당파의 모든 제자들의 심장을 후벼 파고 있었다.

그럼에도 장문인은 더욱더 고개를 조아렸다.

"그저 미천한 백성이 세상의 주인이신 황제 폐하의 하해와 같은 자비를 구걸하는 것이옵니다."

청성진인은 자신의 부탁이 오만한 요구가 아닌, 약자의 비굴한 구걸임을 확실히 했다.

굴욕적이리 만큼의 저자세다.

"백성이라……."

황태자는 그런 청수진인의 대답에 조용히 그 말을 곱씹었다.

그리고.

"생각이 바뀌었다. 살려 주마."

살려주겠노라 말했다.

"서, 성은이 망극하옵니다!"

너무나 쉽게 살려 주겠노라 하는 황태자의 말에 청수진인이 오히려 놀라 급히 고개를 조아렸다.

"단."

그러나 황태자의 말은 아직 끝나지 않았다.

"역모를 행한 당사자에게는 그 죗값을 받아 갈 것이다. 황제 폐하의 은혜는 하해와 같으나, 그 은혜는 아무에게나 허락되지 않는다."

이어지는 황태자의 말에 청성진인과 모든 장로들의 숙여졌던 고개가 올라갔다.

"하, 하오나 그, 그는 이미……!"

오로지 역모를 행한 당사자만 벌한다고 했다.

하지만, 이는 불가능한 일이다.

"죽었지. 죽어 황실의 권위를 침범하고, 죽어 신성을 탐하고 있지. 알고 있다."

황태자가 말하는 이는 청수진인이다. 이미 이 세상을 떠난 그가 어떻게 벌을 받는단 말인가.

놀란 장문인과 장로들의 얼굴 위로 차가운 황태자의 목소리가 이어졌다.

"죄인 청수를 부관참시한다."

죽은 이의 목을 다시 베어 버리는 형벌.

그건 한 사람을 두 번 죽이는 일과 다를 바 없었다.

"허……!"

장문인의 입에서 깊은 탄식이 흘러나왔다.

청수진인은 사사로이 그에게는 대사형이었고, 크게는 무당의 영웅이었다. 평생을 무당을 위해 희생만 해 왔고, 결국 그 희생의 후유증으로 죽음을 맞이한 사람이다.

지금 이 무당산을 딛고 선 모든 제자들은 청수진인에게 빚을 진 죄인이다.

멸문 직전으로 몰렸던 무당파를 다시금 강호에 우뚝 세운 이가 바로 청수진인이었으니까.

그런 그를 두 번이나 죽게 해야 한다.

그것만으로도 있을 수 없는 일이다.

하지만 그것이 끝이 아니었다.

"또한 이를 일벌백계하여 무당의 산문에 그의 오장육부를 흩뿌릴 것이다. 잘라 낸 그의 목은 걸어 모두가 볼수 있게 둘 것이다. 누구도 그에게 예를 취해서는 안 되고, 그의 시신을 피해서는 안 되며, 수습하여서도 안 된다."

"……."

질끈 눈을 감았다.

청성진인만이 아니다. 무당의 모든 제자들이 황태자의 말이 끝남과 동시에 질끈 눈을 감아 버렸다.

차마 두 눈을 뜨고 있을 수가 없었다.

모욕이다. 또한 굴욕이다.

스스로 죄인이 되어 죗값을 청하며 목숨을 구걸하는 것 보다 더한 모욕이었고, 굴욕이었다.

청수진인의 시체를 부관참시하고, 그것도 모자라 그 시체를 밟고 지나가도록, 그의 목을 산문에 걸어 두도록 하는 것은 그런 의미였다.

청수진인이 스스로를 희생하여 재건해 온 무당은 다시금 추락하게 된다.

청수진인은 무당의 상징이었으니까. 또한 민심이 따르던 인물이었으니까.

그를 지키지 못한 것은, 곧 무당을 지키지 못한 것과 같다.

민심이 돌아설 것이고, 무림이 돌아설 것이다.

그리고 그 모든 원망과 조롱이 무당파를 향해 쏟아질 것이 자명했다.

"형을 집행하라!"

황태자는 냉정하게 명했다.

"충!"

그 명령에 그의 뒤에 시립한 어림군이 반응했다.

"통촉하여 주시옵소서!"

장문인은 급히 허리를 숙였고,

"있을 수 없는 일입니다!"

집법당주를 비롯한 대다수의 장로들과 제자들은 자리를 박차고 일어서서 반발했다.

그럼에도 황태자의 입가엔 여전히 차가운 냉소가 지워지지 않았다.

"반하겠다면, 그대들도 역모의 죄를 피하지 못할 것이다."

"……!"

삽시간에 분위기가 얼어붙었다.

"황실의 지엄한 명을 거역할 작정인가?"

황태자가 무겁게 가라앉은 눈으로 물었다.

그리고.

스륵.

그의 뒤편에 시립한 어림군이 무기를 꺼내 들기 시작한다. 황태자의 말이 그저 단순한 협박이 아님을 나타내고 있는 것이다.

"……"

당장이라도 황태자의 명령만 내려지면 무당의 모든 이들을 베어 버리겠다는 의지를 드러내는 어림군.

"답하라! 거역할 셈인가?"

그 앞에서 대답을 종용하는 황태자.

무당의 모든 식구들은 이러지도 저러지도 못한 채 방황해야 했다.

꾸욱.

오로지 장문인인 청성진인만이 이를 악물고 두 눈을 질끈 감았을 뿐이다.

장문인이 다시 감았던 눈을 떴을 때.

"황실의 명을 따르겠나이다."

장문인은 피 끓는 목소리로 황태자의 물음에 답했다.

"사, 사형!"

"자, 장문!"

무당의 모든 제자들은 그런 청성진인의 결정에 당황했다.

하지만 청성진인은 자신의 뜻을 거두지 않았다.

"물러거라."

"하지만, 사형!"

장문인의 명령에도 굴복하지 않은 집법당주가 다시 한 번 그를 불렀지만,

스윽.

장문인은 대답 대신 고개를 돌려 자신의 뒤편에 있는 무당의 제자들의 모습을 하나하나 훑을 뿐이다.

그의 시선에 따라 집법당주의 시선도 제자들을 향했다.

제자들의 면면을 살피던 두 사람의 눈이 다시 서로 마주했다.

장문인이 말했다.

"물리자꾸나."

작고 힘없는 목소리.

그 목소리에 집법당주의 눈은 사정없이 떨렸다.

그리고.

끝내 장문인에게서 고개를 돌려 버렸다.

"나는, 나는 모르겠습니다."

결국 장문인인 청수진인의 뜻에 굴복했다.

집법당주가 시선을 돌려 버리자, 장문인은 다시 한 번 제자들을 향해 소리쳤다.

"장문의 이름으로 명한다! 모두…… 물러서거라."

"며, 명을 받들겠습니다."

그 명령에 제자들은 힘없이 답하며 비켜섰다.

죽은 청수진인을 벌하려는 황태자를 향해 길을 연 것이다.

"역시, 머리가 좋군."

황태자는 웃었다.

전과 같은 차가운 냉소는 아니었지만, 무당의 제자들에게는 그것이 더욱 굴욕적으로 다가왔다.

하지만 누구 하나 말하지 못한다.

"형을 집행하라!"

황제의 입에서 명령이 떨어졌을 때도,

"충! 황태자 전하의 뜻을 받들겠나이다."

어림군이 이에 읍하고 열린 길을 걸어 나와도.

누구 한 사람 입을 열지 못했다.

가장 크게 반대했던 집법당주마저 물러선 마당이다. 더 이상 장문인의 명령에 반하여 목소리를 낼 수 있는 이들은 없는 것이나 다름없었다.

하지만.

"안 돼요! 사형은 아무런 잘못도 없는 걸요!"

청화는 달랐다.

지금껏 멍하니 이 모든 모습을 지켜보던 청화는 청수진인의 시신을 훼손하기 위해 다가오는 어림군의 모습에 급히 달려 나가 앞을 막아섰다.

'저, 절대 비킬 수 없어! 사, 사형은 아무런 잘못도 하지 않았는걸!'

청화의 스승이 세상을 떠난 뒤.

청화를 도맡아 키우고 보살핀 사람이 청수진인이다. 배분으로는 사형이었지만, 청화에게 청수진인은 사형제이기 이전에 부모와 같은 의미다.

이 무당파에서 가장 오랜 시간을 함께한 이도 청수진인이다.

그런 청수진인의 시신이 훼손되는 것을 참을 수 없었다.

양팔을 활짝 펴고, 두 눈을 부릅뜨고, 입술을 앙다물었다.

그렇게 무슨 일이 있어도 물러서지 않겠다고 스스로 다짐하고 또 다짐했다.

하지만.

사시나무처럼 떨리는 두 다리와 두 팔만은 숨길 수 없었다.

무서웠다.

고작 열 살을 겨우 넘긴 여자아이.

비록 무당파에서 자라왔지만, 그래도 아이라는 사실은 변하지 않는다.

그런 청화의 눈에 칼을 들고 다가오는 어림군의 모습이 무섭지 않게 보일 리 없었다. 더욱이, 위험에 놓일 때마다 항상 곁을 지켜 주던 이도 더 이상 없다.

무섭다.

심장이 터져 나갈 것처럼, 당장 주저앉아 울어 버리고 싶을 만큼 무섭다.

그럼에도 끝끝내 물러서지 않았다.

'금방 사질이 올 거야. 조금만 기다리면, 이렇게 기다리며 막고 있으면! 금방 사질이 무림맹 사람들과 와서 구해 줄 거야!'

약해지려는 마음을 억지로 다잡았다.

청화는 이현을 믿었다.

위험에 처할 때마다 항상 이현이 나타나 구해 주었었다. 또 옆에서 그가 얼마나 강한 사람인지도 보았다. 무림맹 부맹주가 되었으니, 분명 무림맹의 많은 무인들을 이끌고 구하러 올 것이다.

'사질은 착하니까! 그러니까 기다릴 거야!'

비록 입은 거칠고 성격도 나쁘지만. 예의는 찾아 볼 수 없고, 교양과 품위는 눈곱만큼도 없지만!

그래도 착하다. 항상 틱틱거리는 것처럼 행동하지만 늘 은근히 보살펴 주고 배려해 준다.

그런 사질이니까.

이번에도 반드시 와서 구해 줄 것이다.

청화는 그렇게 믿었다.

그와 반대로.

"건방지군!"

황태자는 분노했다.

"저, 전하!"

당황한 신하들의 음성을 뒤로하고 황태자는 연에서 내려 청하를 향해 걸어왔다.

저벅! 저벅! 저벅!

청화의 귓가에는 그 걸음 소리가 천둥처럼 크게 들려왔다.

우뚝.

황태자가 청화의 앞에 섰다.

"비켜라."

무심히 내려다보는 황태자의 명령에,

"시, 싫어요! 사, 사형은 아무런 잘못도 하지 않았는걸요!"

청화는 고개를 저었다.

"황실의 칼은 늙음과 어림을 구분하지 않는다."

청화의 거부에 황태자가 검을 뽑았다.

금빛 수실이 달린 검을 뽑아 든 황태자의 행동에는 조금의 망설임도 깃들지 않았다. 검이 높게 올라간다. 그리고 이내 높게 치켜 올라간 칼은 청화를 향해 떨어져 내리기 시작했다.

질끈!

청화는 눈을 질끈 감았다.

'빨리 와! 기다릴게!'

기다리지 못해 어미와 헤어졌지만, 이번만큼은 꼭 기다리리라!

이젠 기다리는 건 잘하니까.

'이현아!'

청화는 그녀가 지금 기다리고 있는 사질의 이름을 속으로 외쳤다.

그리고.

쾅!

두 눈을 질끈 감은 청화의 두 귀로 굉음이 들렸다.

콰가가가각!

뒤이어 또 다른 폭음.

연거푸 들려오는 소리에 청화가 의문을 갖고 감았던 두 눈을 뜰 때쯤.

청화의 시선이 정면에 꽂혔다.

"앗……!"

짧은 비명 같은 감탄이 터져 나왔다.

청수진인을 부관참시하기 위해 다가왔던 어림군 사이로 기다란 길이 나 버렸다. 그 아래에는 어림군들이 잔뜩 피를 흘리며 바닥을 쓰러져 있었다.

그리고 검을 휘둘렀던 황태자는.

후두두둑!

어느덧 저 멀리 날아가 벽에 처박혀 있었다.

"어, 어떻게?"

사형제들도 잔뜩 겁을 먹던 사람이 왜 저기에!

바로 그때,

텁!

청화는 자신의 머리를 뒤덮는 손길을 느꼈다.

그리고 보인다.

"처리해야 할 일이 좀 있어서 늦었다."

그토록 기다렸던 이의 모습이.

"사, 사질아!"

이현이 왔다.

"……."

갑작스러운 이현의 등장에 놀란 이들은 그대로 굳어 버렸다.

무당파에서는 황태자를 날려 버린 이현의 행동에, 어림군은 이현이 선보인 무위에 놀란 것이다.

"으아아앙! 사질아!"

그런 침묵을 깨는 소리가 있었다.

이현의 모습을 확인한 청화가 그대로 긴장이 풀려서는 울음을 터트렸다.

"사질아 있잖아. 저 사람들이……."

청화는 눈물을 뚝뚝 흘리면서도 이현의 옷깃을 놓지 않았다. 그러고는 그간 있었던 모든 일들을 전해 줬다. 짧고 두서없는 이야기들이었지만, 이현이 이해하는 데는 그리 어려움이 없었다.

함께 지낸 시간이 많다 보니 이 정도는 이제 일도 아니다.

"오랜만에 왔더니 무당파 완전 개판이네!"

청화의 이야기를 모두 들은 이현은 감상평을 내놓았다.

하지만 그뿐.

이현의 고개가 다시 돌아갔다.

후두두둑!

그곳에 이현의 공격에 날아가 부서진 잔해에 깔려 있던 황태자가 몸을 일으키고 있었다.

"오랜만이구나. 이런 경험도!"

황태자는 웃고 있었다.

툭툭 먼지를 털어 내는 움직임에는 그 어떤 불편함이나 상처도 보이지 않았다.

너무나 자연스러운 동작.

"저, 전하! 괜찮으신 것이옵니까?"

그런 황태자의 태연한 모습에 뒤늦게 정신을 차린 신하들이 목소리를 높였지만 황태자는 그들의 물음은 아랑곳하지 않았다.

"조용."

대신 짧은 한마디로 침묵시켰을 뿐이다.

옷에 묻은 먼지를 모두 털어 낸 황태자는 뚜벅뚜벅 이현을 향해 걸어왔다.

그리고.

"기습이었지만, 훌륭했다."

품평을 내놓는다.

칭찬이었지만, 그것이 칭찬일 리 없음은 이 자리에 있는 모든 이들이 알고 있었다.

기습이 아니었다면 통하지 않았을 것이란 뜻이다.

물론,

"대충 휘둘렀지만, 뭐 잘 막더라."

이현도 지지 않았다.

작정하고 휘둘렀으면 막지 못했을 것이란 뜻이다.

그런 이현의 대구에.

"큭! 크하하하하하!"

황태자가 웃음을 터트렸다. 그리고 뒤이어.

"꽤나 무례한 놈이로구나!"

이현을 노려보며 또 다른 감상을 내놓는다.

"꽤나 싸가지없는 놈이구나. 너도!"

이번에도 이현은 지지 않고 맞받아쳤다.

그 대구에 황태자의 얼굴에 웃음이 사라졌다.

"황실의 행차를 방해하는 것이 얼마나 큰 의미인지는 아는가?"

황실의 행차를 방해하는 것.

그 또한 당연히 역모다.

아무리 막무가내인 이현도 그 의미를 모르진 않았다.

"그럼 넌 내 앞에서 깝죽거리면 뒤진다는 건 알고 있냐?"

물론, 전혀 신경 쓰지 않았지만.

한마디도 지지 않는 이현의 태도에 황태자는 작게 고개를 끄덕였다.

"재밌군!"

그리고.

"쳐라!"

명령했다.

"충! 황태자 전하의 뜻을 따르겠나이다."

어림군이 읍하며 칼을 뽑아 들었다.

씨익!

그 모습에 이현의 입가에도 비릿한 웃음이 걸렸다.

"재밌네. 이건!"

검을 뽑은 이현은 곧장 황태자를 향해 몸을 날리려 했다.

그건 황태자 또한 마찬가지다.

그러나 거기까지다.

"멈추어라아!"

길게 울려 퍼지는 외침.

공력이 실린 목소리는 모두의 귓속으로 정확히 전달되었다.

그리고.

누군가 모습을 나타냈다.

노인이다. 뽀얀 얼굴에 수염 자국 없이 밋밋한 턱. 차려입은 관복과 어울리지 않는 굽은 등.

"태감이 여긴 무슨 일인가."

그를 확인한 황태자가 물었다.

일촉즉발의 상황을 멈춰 세운 이의 정체는 황제의 측근이자, 환관들의 우두머리인 태감이었다.

그리고 그런 태감의 주위로 같은 복장을 한 젊은 환관들이 호위하듯 둘러싸고 있었다.

"폐하의 명이 있어 왔나이다. 전하!"

태감은 황태자를 향해 허리를 숙여 예를 취한 후 이내 고개를 돌려 무당파를 바라봤다.

척!

품 안에서 두루마리를 꺼내 펼쳐 든다.

그리고 공력이 담긴 목소리로 소리쳤다.

"무당의 도인들은 황제 폐하의 어명을 받들라!"

갑작스러운 태감의 등장도 모자라, 이어지는 황제의 어명.

정신없는 상황에서 가장 먼저 반응한 이는 장문인이었다.

"무당파 장문인 청성! 황제 폐하의 어명을 받들겠나이다."

그가 앞장서 예를 취하자, 뒤이어 무당파의 제자들이 무릎을 꿇어 예를 취했다.

그런 그들의 머리 위로 태감의 목소리가 울려 퍼졌다.

"최근 일어나는 소란에 짐은 고심 끝에 다음과 같은 어명을 내리는 바이다! 본디, 강호와 황실은 서로의 영역을 침범하지 아니하는 것이 법도! 허나, 근자에는 그 법도가 문란하여 세상이 혼란하고, 민심이 어지러운바! 또한, 무당의 도사 청수가 황실의 권위를 침범한 것도 사실! 이에 짐은 그가 속한 무당에 그 책임을 물어 무당의 십 년 봉문을 명하여, 이를 관과 무림의 경계를 다시 확실히 하고자 하며, 이를 증표로 삼으려 한다. 그러한 이유로 무당의 도인들은 이 어지를 받고 사흘 안으로 무당을 봉하도록 하라!"

길고 긴.

하지만 황제가 직접 내린 어명이라는 것을 감안하면 참으로 짧은 글귀를 태감은 단숨에 읽어 내려갔다.

"폐하의 명을 받들겠나이다!"

장문인은 곧바로 오체투지하며 어명을 받들었다.

이미 어명에 담긴 의미가 무엇인지 파악하였기 때문이다.

어명을 따르면, 역모로 몰려 몰살을 당할 위기에서 벗어날 수 있다. 또한 청수진인의 시신을 지킬 수 있음은 물론, 중단되었던 장례도 다시 진행할 수 있음을 의미했다.

이제 성세를 얻기 시작한 무당파에게 십 년의 봉문은 크나큰 출혈이었지만, 충분히 감안할 수 있는 일이었다.

"하오면 황태자 전하."

태감은 장문인의 반응에도 아랑곳하지 않고 고개를 돌려 황태자를 바라보았다.

그리고 웃는다.

"혹, 황제 폐하께서 직접 내리신 어명을 거역하시지는 않으시겠지요? 이는 황제 폐하의 권위를 침범하는 일이지요. 예이!"

"……."

묘한 눈으로 바라보는 태감의 시선에 검을 쥔 황태자의 손에 힘이 들어갔다.

눈빛은 당장이라도 태감의 목을 쳐 버릴 것 같다.

그러나 태감은 지금 황제의 어명을 전하는 사자다. 황제의 명을 전하는 사자를 해하는 것은 곧 황제를 해하는 것과 같다. 또한, 황제의 권위를 침범하여 짓밟는 것과 같은 행위다.

그러니 죽일 수 없다.

"……재미없군. 돌아간다."

황태자는 망설임 없이 몸을 돌렸다.

그것은 곧 무당파에 드리웠던 암운이 걷힘을 의미하기도 했다.

다만.

"이것들이 가만히 있으니까 가마니로 보이나!"

대화의 중심에서 벗어나 이 모든 광경을 지켜보던 이현이 황태자를 곱게 보내 줄 생각이 전혀 없었다.

황제가 무어라 하건, 황태자가 무어라 하건 상관없다.

어차피 적인 건 마찬가지다.

그렇다면 곱게 살려 돌려보낼 수는 없는 일이다.

스확!

황태자를 향해 몸을 날려 검을 휘둘렀다.

잔형마저 남지 않은 빠른 신법으로 달려들어 작심하고 휘두른 검은 정확히 황태자의 목을 향하고 있었다.

그 검 끝에 세상이 갈라진다. 갈라진 세상이 또다시 찢겨 나간다.

혼원살신공 제삼초. 혈해를 단 한 번의 동작으로 펼쳤다.

황태자는 아무런 대응도 하지 않았다. 여전히 이현을 등진 몸은 돌아서지 않았고, 손에 쥔 검은 움직이지 않았다.

피식!

대신 입가에 옅은 조소를 지었을 뿐이다.

그 웃음의 의미를 미처 파악할 틈도 없이.

황제의 곁을 스쳐 지나가는 회색 바람이 있었다.

콰과가가각!

이현을 중심으로 거센 바람이 터져 나왔다. 갑자기 폭풍처럼 휘몰아친 돌풍은 삽시간에 주위를 뒤덮어 버렸다.

자욱하게 피어오른 흙먼지는 한 치 앞도 분간할 수 없게 만든다.

그리고.

"뭐야, 이건 또?"

치솟았던 흙먼지가 사라진 뒤 드러난 자리로.

누군가 이현의 검을 막아선 자가 있었다.

퍼석!

부딪친 두 개의 검이 뿜어내는 검압에 무릎이 땅속에 박혀 들어갔다.

이현만이 아니다.

이현을 검을 막아선 그의 무릎도 땅속 깊이 틀어박혀 있었다.

누구도 신경 쓰지 않았던 회색 무복을 입은 사내다.

그가 말했다.

"죽음을 서두르지 마라. 신마(神魔)!"

第六章

　황태자와 어림군이 물러났다. 멈추었던 청수진인의 장례가
다시 재개되었다.

　전과 다른 것이 있다면 청수진인의 장례가 일체 외부 인사
의 참여 없이 진행된다는 것뿐이다.

　"젠장! 괜히 긴장했네."

　이현은 투덜거렸다.

　이름도 모르는 회의 무사가 건넨 신마라는 말.

　그 말이 자꾸만 귀에서 맴돌았다. 혹, 천마와 같이 야율한
의 시절을 기억하는 이가 또 있나 싶었다.

　하지만.

뒤늦게 알고 보니 착각인 듯싶다.

"무당신마가 뭐야! 무당신마가! 사형이 알았으면 너 분명 혼났을 거야!"

앞을 막아서던 무림맹을 한바탕 뒤엎은 뒤로, 별호가 바뀌었다.

무당신마.

무당의 신마다.

그러니 회의 무사가 이 사실을 알고 있었다면 신마라 부르는 것도 충분히 가능한 일이다.

"시끄러워! 신마! 이제 좀 제대로 된 별호 같고 얼마나 좋아! 별호는 자고로 이렇게 세 보여야 하는 거다!"

청화의 타박에 당당히 대꾸한 이현은 이내 고개를 돌려 주위를 훑었다.

청수진인의 장례가 재개된 지금.

이현은 청수진인과 함께 지냈던 모옥에 와 있었다.

장례에 참석하는 것이 옳은 일이었지만, 그러지 않았다.

불편했다. 괜히 장례가 진행되는 것을 지켜보는 것만으로도 가슴이 답답하고 짜증이 치밀었다.

"정리 시작하자."

대신 청수진인이 기거했던 모옥을 정리하는 일을 맡았다.

"응!"

이현의 말에 청화가 고개를 끄덕였다.

그리고는 방 안으로 뛰어들어 가 먼저 정리를 시작한다. 이현도 곧 정리에 동참했다.

"거참 별것 없네."

정말 별것이 없다.

유품이라 할 만한 것들은 붓 하나와 벼루 하나. 그리고 낡은 옷가지 몇 벌이 전부다.

다 합쳐 봐야 보자기 하나로 싸면 끝이다.

아무리 사치를 멀리하고 질박한 삶을 살아온 청수진인이라지만, 이걸로 과연 사람이 살아갈 수나 있을까 싶을 정도였다.

"뭐, 이렇게 빨리 끝나?"

허탈할 정도로 빨리 끝난 정리에 이현은 마루에 걸터앉아 혀를 내둘렀다.

"헤헷! 그러게?"

청화는 그런 이현의 곁에 나란히 앉아 이현의 의견에 동의했다.

청화는 멍하니 하늘을 올려다보다가 문득 이현을 바라보았다.

"있지 사숙아?"

"또 뭐?"

"나는 아직도 안 믿긴다?"

"뭐가?"

"사형 돌아가신 거."

"……."

뜬금없이 찔러 들어오는 청화의 말에 이현은 입을 다물었다.

청화는 그러거나 말거나 제 할 말만 한다.

"사형은 안 돌아가실 줄 알았어! 사형은 강하니까! 너도 이렇게 강한데, 사형한테는 꼼짝 못 했었잖아. 그러니까 사형은 엄청 강한 거잖아?"

이 단순한 것이.

청화의 입에서 나온 청수진인의 이름에 입을 꾹 다물었던 이현도, 청수진인이 그보다 강하다고 이야기하는 청화의 말에는 울컥할 수밖에 없었다.

아무리 그래도 아닌 건 아닌 거다.

특히 싸우는 건 더!

"야! 지금 싸우면 내가 이겨!"

처음 참회동에서야 개 맞듯이 처맞았지만, 지금은 아니다. 이제 와 다시 싸운다고 하면 얼마든지 이길 자신이 있다.

청화도 고개를 끄덕였다.

그러나 다른 의미였다.

"그거야 당연하지! 사형은 이미 돌아가셨잖아. 그러니까 이제 싸우면 네가 이기지."

이미 세상을 떠난 청수진인이다.

그러니 이제 와 싸운다면 산 사람이 이기는 건 당연했다. 아니, 싸움 자체가 성립되지 않는다.

"……썩을!"

또 기분이 더러워졌다.

그러거나 말거나 청화는 제 할 말만 한다.

"나 사실 무섭다? 나는 엄마도 떠나왔는데…… 사부도 돌아가셨는데…… 이제 사형도 떠나갔잖아."

어린 나이에 너무 많은 이별을 경험한 청화다.

"그래서 무서워. 결국 또 나만 남겨질까 봐."

청화는 작은 손으로 이현의 옷깃을 붙들며 중얼거렸다.

"그러니까 너는 절대 먼저 떠나지 말아야 해. 응? 너까지 떠나면 나는 혼자 남게 되잖아!"

그리고 고개를 들어 이현을 빤히 바라본다.

동글동글한 두 눈엔 진심이 가득하다. 너무나 이른 나이에 많은 이별을 경험해 보았기에, 남겨진다는 의미를 안다. 그래서 이현마저 떠나 버리는 건 아닐까 더 두려운 모양이다.

그 진심에.

이현의 입술이 꿈틀거렸다.

"웃기고 있네. 원래 사람은 혼자 왔다가 혼자 가는 거야!"

청화의 동심 따위는 전혀 안중에도 없는 말.

"이씨! 그럼 너무 슬프잖아!"

위로가 아닌 독설을 날리는 이현의 태도에 청화가 발끈해서 소리쳤다.

하지만.

"지랄하네! 그럼? 손잡고 같이 가리? 저승길 가는 데 같이 끌고 가면 그건 진상이야 이년아!"

이현은 가차 없었다.

"이년은 하여간 괜히 이상한 말해서 사람 기분 요상하게 만들어!"

그리고 자리에서 일어났다.

방심한 사이에 튀어나온 청수진인의 이야기. 그리고 이제는 홀로 남겨지는 것이 두렵다는 청화의 말까지.

가슴이 꿉꿉하다.

괜히 기분 더럽고 답답해서 장례에도 참석하지 않았던 것인데 청화 때문에 그 답답하고 짜증 나는 기분을 다시 느끼고 있다.

"에잇!"

"야! 어디 가!"

"부엌 정리하러 간다! 부엌 정리!"

이현은 걸음을 옮겼다. 뒤에서 들려오는 청화의 목소리에 답하고는 곧장 부엌으로 향했다.

화악!

열린 부엌문으로 전해지는 달달하고 익숙한 향기가 이현을 반겼다.

"와! 무당파 진짜 개판 됐네. 웬 술이냐?"

술 냄새다.

그 냄새의 진원지를 쫓아가자 이현의 키만큼 커다란 항아리가 떡 하니 부엌 한쪽에 자리 잡고 있었다.

술 좋아하는 이현은 한눈에 견적을 뽑았다.

"저만큼 갖다 놓는 것도 웃긴 일인데, 이건 아주 담근 술이네?"

손으로 직접 담근 술이다.

그건 무당파 내에서는 절대 일어날 수 없는 일이다. 적어도 이현이 알기로는 그랬다.

물론, 무당파 내에서 전혀 술을 먹지 않는 것은 아니었지만, 그건 어디까지나 눈치껏 몰래일 뿐이다. 이렇게 대놓고 당당하고 거대하게 항아리째로 술을 담그는 건 그것과 별개의 문제였다.

이건 숫제 절에서 고기 먹겠다고 축사 지어 놓고 가축 사육하는 꼴과 무엇이 다르단 말인가.

"하여간 혜광 그 영감탱이는 못된 짓은 지가 다한다니까?"

당연히 혜광을 욕했다.

이 무당파에서 이런 짓을 과감하게 저지를 인간은 혜광 말고는 없었다.

하지만.

"응? 아닌데?"

정작 청화는 고개를 절레절레 저었다.

"그럼? 누가 했는데?"

"사형이."

"뭐? 사형? 어떤 사형? 설마 스승은 아니겠지?"

청화의 대답에 이현은 거듭 질문을 쏟아 냈다.

이현의 얼굴에는 불신이 가득했다.

청수진인은 생긴 것부터가 선풍도골인 데다가 목소리에서 하는 짓까지 모든 것이 도인의 정석이었다.

모르는 사람이 봐도 딱 무당파 도사 같이 생긴 인간이 청수진인이다.

더욱이 술이라면 이현이 기억하는 한 딱 한 번밖에 입에 대지 않았던 인간이었지 않은가.

늦바람이 무섭다고 그때 술맛을 깨달아서 직접 술을 담근 것이라면 그것도 참 놀랄 일이다.

그런 인간이 손수 술을 담근다.

"허! 세상이 미쳐 돌아가나."

이현은 멍하니 부엌 천장을 바라보며 중얼거렸다.

원래부터 미쳐 돌아가는 세상이란 건 알았지만, 설마 이렇게까지 미쳐 돌아갈 줄은 상상도 못 했다.

"그거. 사형이 너 술 좋아한다고 직접 담근 거야. 다음에 오면 너 준다고."

그러나.

이어지는 청화의 말에 이현의 얼굴에 떠올랐던 장난기는 거짓말처럼 씻겨 내려갔다.

이현의 얼굴은 무표정이 되었다.

'젠장.'

떠올랐다. 그 좋은 무림맹을 뒤집고 나온 이유가 무엇이었는지 기억났다.

청수진인이 보낸 서찰에 담긴 고맙다는 말의 이유.

그리고.

"······마셔야지."

장례식장에서 마시는 술맛을 보기 위해서.

일단 그중 한 가지는 눈앞에 떡 하니 버티고 있었다.

*　　　*　　　*

부엌에 있던 술을 동이째 들어 평상 옆에 놓았다. 그것으로 준비는 끝났다. 평상에 앉아 잘 말린 바가지로 동이에 담긴 술을 퍼다 입에 들이부으면 그만이다.

낙과를 모아 담근 술은 달콤한 향과 함께 시큼한 맛이 절묘하게 어우러졌다.

술 좋아하는 인간이 그 맛을 보고 모를 리 없다.

꽤나 잘 담근 술이다.

아니, 꽤나 정성 들여 담근 술이다.

낙과를 모아 장정의 키만 한 항아리에 채웠음에도 그중 어느 것 하나 썩거나 벌레 먹은 것이 없다.

비록 술을 직접 담궈 본 적은 없으나, 그렇게 좋은 과일만 골라내는 일이 얼마나 귀찮고 손 많이 가는 번거로운 일인지는 안다.

그래서 쓰다.

그래서 부족하다.

마시면 마실수록 입 안이 썼고, 마시면 마실수록 도리어 갈증이 치민다. 들이붓는다는 표현이 어울릴 만큼 단숨에 바가지 하나를 비워 내는 데도 좀처럼 갈증이 가시질 않는다.

딱!

"이년이 또 몰래 술 처먹고 무슨 주정을 부리려고!"

"힝! 내가 너보다 어른인데."

"도적에 먹물 마르면 이야기하자?"

"힝!"

가끔 몰래 술을 마시려는 청화의 이마에 꿀밤을 먹이는 것을 제외하면.

이현은 온전히 이 마실수록 갈증만 나는 독특한 술을 마시는 데 정신을 쏟았다.

그렇게 한 잔, 두 잔.

항아리에 가득 찼던 술을 비워 나갔다.

그럴수록.

하나둘 떠오른다.

도와주랴?

이현의 몸으로 처음 참회동에서 만난 청수진인.

초면에 주먹질부터 시작하는 청수진인을 보고 세상에 뭐 이딴 인간이 다 있나 싶었다.

하여간 확실한 것은 혈천신마 때 기억하던 태극검제와는 전혀 다른 모습이었다는 것이다.

받아라.

기껏 만성 주화입마 끝에 혼원살신기를 몸 안에 심어 놨더니, 그 날 밤 찾아와서 소청단을 건네던 청수진인.

덕분에 그 유혹을 이기지 못하고 소청단 한 번 핥았다가 힘들게 심어 놓은 혼원살신기는 사라지고 팔자에도 없던 태극무해심공을 본격적으로 익혀 버렸다.

허허허.

혜광에게 갖은 구박을 받을 때마다.

한 발자국 물러서 그저 사람 좋은 웃음만 짓던 청수진인은 정말 얄밉고 짜증 났다. 확 한 대 때려 버리고 싶을 지경이었다.

그런데 이제 와 생각해 보면.

그 순간 청수진인은 진정으로 웃고 있었다.

그 밖에도 청수진인과 있었던 많은 일들.

그 하나하나가 머릿속에 떠오른다. 마치 지금 눈앞에 펼쳐지는 현실처럼.

청수진인의 목소리, 손짓, 발짓. 표정까지.

그리 길지도 않은 시간이었는데도 참 많은 일들이 있었던 듯싶다.

식사는 했느냐?

무당신검을 마주하고, 기억에도 없는 생모가 무당신검을
제 아들로 대하는 모습을 보고 돌아섰을 때.
돌아온 그를 향해 묻던 청수진인의 물음.
그 쓸데없는 물음이 왜 지금 떠오르는지 모를 일이다.
그때 그 물음이 왜 그리도 따뜻하게 느껴졌는지…….
그리고.

　　한 번쯤은! 한 번쯤은 제자와 술을 마셔 보고 싶었
　다.
　　그저…… 술 한잔을 하고 싶었다.

처음이자 마지막으로 함께한 청수진인과의 술자리.
술맛 떨어지게 만든 그 말이 왜 이제는 달리 들려온다.
왜 그때의 목소리가, 그 눈빛이 지금에 와서 온기가 느껴지
는 것인지…….
알아 버렸다.
"고맙긴 개뿔!"
왜 그가 고맙다고 하였는지.
"등신 같은 노인네!"

제자여서다. 그저 그뿐이다. 제자이기에 고맙고, 함께한 순간순간이 고마울 뿐이다.

제자라 믿었던 이의 몸뚱이에 어떤 놈이 들어가 앉아 있는지도 모르고 그냥 고맙단다.

"난 하나도 안 고맙습니다!"

고마울 것까진 없다.

이현은 마지막 반항을 해보았다.

그래도.

그래도 인정은 해야 했다.

술 한잔 하던 순간 청수진인의 그 말에 기분이 더러워졌던 것도, 청수진인의 죽음에 기분이 더러워졌던 것도. 고맙다는 그 말에 짜증이 치밀고, 앞을 막아서는 무림맹 무사들을 죽여버린 것도.

'뭐, 미운 정도 정이라고 그건 생긴 것 같습니다.'

다 그놈의 미운 정 때문이리라.

신강의 천애 고아 소년에서부터 혈천신마까지.

삐뚤어지고 고독한 삶을 살아오느라 알지 못했던 정이란 것이 전해 주는 감정이 그렇게 만든 것이리라.

피식.

돌연 웃음이 나왔다.

"술 처먹고 이게 무슨 주정이냐."

아직 취하지도 않았는데 이 무슨 손발 오그라드는 짓인지 모르겠다.

이현은 어느덧 마지막 남은 술 한 바가지를 시원하게 털어넘겼다.

그래도.

기분이 나쁘진 않다.

들리지 않았던 것을 들었고, 느끼지 않았던 것을 느꼈다. 또한 보이지 않았던 것도 보았다.

그 순간.

"……."

또 다른 것을 보았다. 이번엔 익숙한 것이다.

입가에 걸렸던 웃음이 사라졌다.

벌떡!

자리를 박차고 일어났다.

"응? 사질아! 갑자기 또 어디가!"

갑작스러운 행동에 청화가 놀라 소리쳤지만, 이현은 고개도 돌리지 않고 답했다.

"잠깐 확인할 것이 있다."

그리고 그대로 숲 속으로 걸어 들어갔다.

*   *   *

잠깐 확인할 것이 있다고 나선 이현은 한 시진을 무당산 숲 속을 헤맸다.

그리고.

"네가 여긴 어쩐 일이더냐?"

이현은 장문인인 청성진인의 집무실을 찾았다.

"우선 앉거라."

청성진인은 이현에게 자리를 권했다.

이현은 마다하지 않았다. 군말 없이 청성진인이 권해 준 자리에 앉았다.

그리고 본론을 꺼냈다.

"몇 가지만 좀 물어봅시다."

예의라고 찾아볼 수 없는 건방진 말투.

하지만 청성진인은 이를 대수롭지 않게 넘겼다. 스승의 죽음이라는 일이 있었으니, 그 충격 때문이라 여긴 듯했다.

"그래. 그러거라."

대신 조용히 고개를 끄덕이며 이현의 질문을 기다렸다.

이현은 물었다.

"그 노인네…… 아니, 스승님. 원래 그리 몸이 약했습니까? 이렇게 갑자기 죽을 만큼? 천하십대고수인데?"

"허, 허허! 그것이 궁금했더냐?"

이현의 물음에 청성진인의 표정이 잠시 굳었다. 그러나 이내 굳었던 표정을 풀고 대답을 시작한다.

"애초에 사형은 정상적인 방법으로 천하십대고수의 자리를 얻은 것이 아니야. 혜광 사숙이 사형을 천하십대고수로 만들었지."

"정상적인 방법이 아니라……?"

"여러 가지 방법이 동원됐었다. 인간을 죽음의 문턱으로 내모는 극한의 수련법부터 온갖 독물과 영약으로 강제로 체질을 개조하고 공력을 늘리는 방법 같은 것들 말이다. 그렇게 천하십대고수가 되셨으니 사형의 몸은 항상 불안한 상태였지. 조금의 균형만 어긋나도 무너지는 사상누각처럼 말이다."

꿈틀!

청성진인의 설명에 이현의 눈썹이 꿈틀거렸다.

"독? 독을 썼단 말입니까?"

"그래. 당시 무당이 구할 수 있는 대부분의 독을 사용했다고 들었다."

"혹, 양귀비도 사용되었습니까?"

질문을 던지는 이현의 눈은 날카로웠다.

청수진인이 담근 마지막 술을 비우던 순간 이현이 본 익숙한 것의 정체가 양귀비였다.

혈천신마 때 들끓는 기운을 누그러트리기 위해 주기적으로

앵속을 만들어 피웠으니 이를 못 알아볼 리 없다.

그것을 확인하기 위해 숲을 뒤졌다. 무당산 곳곳에 양귀비가 자라나고 있었다. 그저 자연적으로 자라난 것이라고 치부할 수 있지만, 그 발원지라 볼 수 있는 양귀비 군락을 확인하고 나서는 의혹은 더욱 깊어졌다.

조건이 너무 좋다. 누군가 인위로 자리를 선정하여 환경을 조성하지 않는다면 자연적으로 만들어졌다고 하기엔 너무 과분할 정도의 서식지였다.

혜광에 시달리느라 정신없이 지낼 때는 관심 없어 넘어갔지만, 정신에 여유가 생기니 이제야 발견한 듯했다.

하지만.

"왜 그런 것을 묻는지는 모르겠다만…… 일단 사용되었다. 그 쓰임을 다 하고 폐기하였지만, 직접 재배하기도 했지."

"흠……."

이어지는 청성진인의 대답에 이현은 턱을 긁적이며 고개를 끄덕였다.

불완전한 몸 상태의 청수진인. 그런 청수진인에게 양귀비는 극독이나 다름없었다. 아슬아슬하게 유지되는 균형이 양귀비 하나에 와르르 무너져 내릴 테니까.

그래서 의심한 것이다.

하지만, 이미 오래전에 재배가 되었었다면 이야기는 달라진다. 물론 쓰임이 다하여 폐기했을지도 모르지만, 개중 살아남은 것들이 꽃을 피우고 증식했을 수도 있으니까. 원래 그런 것들이 질기다.

"그러면……."

이현은 다음 질문을 이어 갔다.

"이제 어떻게 할 겁니까?"

굳이 장문인인 청성진인을 찾아온 또 다른 이유.

앞으로 무당파가 어떻게 행동할 것인지를 알고 싶었다.

비록 황제의 어명이 내려진 그 자리에서는 그 명을 따르겠노라 했지만, 그건 당장 위기를 벗어나기 위한 고육지책이었을지도 모르는 일이었으니까.

그 물음에.

"허어……."

청성진인의 입에서 낮은 장탄식이 흘러나왔다.

그리고 힘없이 씁쓸한 웃음을 지으며 고개를 저었다.

"달리 방도가 있겠느냐? 죄 없는 어린 제자들을 지키기 위해서라도 봉문을 해야겠지……."

하지만 청성진인의 대답은 이현의 기대에 어긋났다.

무당은 결국 봉문을 택했다.

살기 위해 제 목에 칼을 들이민 적을 외면하는 쪽을 택한 것이다.

피식!

이현의 입술이 비릿하게 말려 올라간다.

"염병! 죽은 사람도 못 지키는데, 산 사람은 무슨!"

작지만 선명한 혼잣말.

오늘 한 발 물러나면 내일은 두 발을 물러서야 하는 곳이 무림이다.

단순히 무림인들이 성격 더러워서 옷깃 하나 스쳤다고 목숨 걸고 칼부림하는 것이 아니다.

물러서고, 또 물러서고, 또다시 물러서 버린다면 결국 설 자리는 어디에도 없다.

'황태자라는 놈이 칼 들고 찾아오면 또 그 노친네 시체 내놓겠네.'

이렇게 물러서기만 할 것이라면 결국 그렇게 될 것이다.

'등신 같은 노친네!'

제 몸은 물론, 인생까지 바쳐가며 일궈 온 무당파는 결국 이런 곳이다.

아니, 처음 황태자에게 길을 열어 주었을 때부터 이미 예상하고 있었던 결과다.

어쩌면 청수진인의 장례에 참가하지 않았던 이유 중 하나도 이 때문이었는지도 모른다.

이현은 생각을 정리했다.

"어이! 장문."

삐딱하게 기울어진 고개. 그리고 건들거리는 말투.

청성진인을 바라보는 이현의 모습에서는 그나마 남아 있던 손톱만큼의 예의조차 더는 찾아볼 수 없었다.

그가 말했다.

"부탁 좀 합시다?"

그리고 이튿날 아침.

텅!

"뭐, 뭐하는 짓이더냐!"

"과, 관을 내려놓지 못할까?"

이현은 무당파 장로들의 외침에도 불구하고 장례 중인 청수진인의 관을 밧줄에 엮었다.

그리고.

드드득! 드드드득!

관을 묶은 밧줄을 어깨에 걸쳐 메고 걸음을 옮기기 시작했다.

관 끝 모서리가 바닥에 질질 끌렸고, 등 뒤로 무당의 장로들이 고성을 내질렀지만.

"……"

이현은 어떤 반응도 하지 않았다.

아무런 대꾸도 하지 않았고, 걸음을 멈추지 않았다.

그저 묵묵히 청수진인의 시신이 안치된 관을 끌고 무당산을 내려갈 뿐이다.

* * *

장례 중인 시체가 안치된 관이 자리를 벗어났다.

그것도 그 망인의 제자가 행한 일이다. 또한, 관의 주인은 무당파의 자랑이자 대들보였던 청수진인이다.

무당파가 뒤집어졌다.

비통한 심정을 감추지 못하고, 청수진인의 죽음을 안타까워하던 이들은, 이제 눈앞에 펼쳐진 이 황망한 상황을 대처해야 했다.

무당파 모든 제자들이 우르르 몰려나왔다. 장로들은 물론이고, 봉문에 앞서 주변을 정리하는 데 열중이었던 장문인까지 버선발로 뛰쳐나와야만 했다.

그러나 누구도 섣불리 이현을 막아 세우진 못했다.

"……."

그저 침묵으로 일관하는 이현의 굳은 얼굴은 사람들로 하여금 쉬 접근하기 어려운 분위기를 자아내고 있었다.

그렇게 청수진인의 관을 끌고 나가는 이현이 해검지에 이르렀을 때.

"이놈! 이 무슨 패륜이란 말이냐! 어서 사형을 놓아드리지 못할까!"

더는 참지 못한 집법당주가 고함을 내질렀다.

상대는 이미 무당무왕이란 별호와 함께 천하십대고수의 한 자리를 당당히 차지한 이현이었지만, 불같은 성격에 원리원칙주의자이자 무당의 법도를 수호해야 할 집법당주에겐 그런 건 더 이상 안중에도 없었다.

스릉!

"서라!"

몸을 날려 이현의 머리를 넘어 착지한 집법당주는 검을 뽑아 그 앞을 막아섰다.

이번에도 이현이 그의 말을 무시한다면, 그 검을 이현을 향해 휘두를 것이라는 의지가 그의 행동과 표정 하나하나에 여실히 드러나고 있었다.

우뚝!

그제야 멈추지 않던 이현의 걸음이 멈췄다.

그리고.

스릉.

마주 검을 뽑는다.

청수진인이 남긴 푸른빛을 띠는 송문고검. 청극검이다.

흠칫!

단순히 검 하나를 뽑았을 뿐인데 기세가 달라진다.

자연스럽게 흘러나오는 그 기세에 무당파의 모든 이들은 어깨를 움찔거리며 본능적으로 한걸음 물러서야만 했다.

이현의 무위는 이미 온 중원이 인정했다.

그런 이현이 진심으로 칼을 뽑고 날뛰기 시작하면, 무당파가 감수해야 할 피해는 결코 작지 않다.

아니, 어쩌면 그 옛날 무당파를 봉문 직전으로 밀어 넣었던 흑사신마 때와 같은 결과가 나올지도 모르는 일이다.

현재 무당파에는 청수진인도, 혜광도 존재하지 않았으니까.

그러니 날뛰는 이현을 홀로 막을 수 있는 이는 현재 무당에 존재하지 않는다.

찰방!

그러나 검을 뽑은 이현이 향한 곳은 앞을 막아선 집법당주를 향해서도 아니었고, 지금껏 등 뒤에서 고성을 내지르던 무당의 식구들을 향해서도 아니었다.

해검지다.

비록 지금에 와서는 그저 한 번씩 검을 풀어 예를 취하는 것으로 바뀌었지만, 한때는 무당파에 들어서는 모든 이들이

이 해검지에서 검을 풀어 맡겨 놓고서야 출입이 가능했다는 무당파의 상징 중 하나이자, 자긍심.

그 해검지를 향해 걸어 들어가는 이현의 행동에는 망설임이 없었다.

지켜보던 이들은 이현이 대체 무슨 일을 하고 있는 것인지 짐작할 수가 없었다.

갑자기 장례 도중 나타나 청수진인의 관을 탈취하고 그것도 모자라, 이제는 뜬금없이 검을 뽑아 들고 해검지로 뛰어든 것뿐이니까.

이유를 알지 못하니 그가 무엇을 할지 짐작할 수조차 없다.

지켜보던 모든 이들의 얼굴에 의문이 떠올랐다.

그리고.

척!

해검지 중심에 도착한 이현은 손에 쥔 검을 역수로 쥐었다.

찌르릉!

검에서 소리가 났다. 더불어 붉게 달아오르기 시작했다. 검이 녹아 쇳물이 떨어지지 않을까 싶을 만큼 붉게 검이 달아올랐을 때쯤.

퍽!

이현은 해검지 중심에 검을 꽂아 넣었다.

치이이이이익!

달아오른 청극검과 해검지의 연못이 만나자 삽시간에 수증기가 피어오른다.

온통 시야를 가려버린 자욱한 수증기가 만들어 내는 광경은 마치 구름이 내려앉은 것은 아닐까 하는 착각이 들 만큼 짙고 비현실적이다.

이현의 모습이 드러난 것은 그로부터 한참이 지난 뒤였다.

"헙! 이, 이 무슨!"

"저, 저런 천인공노할 짓을!"

이현의 모습을 확인한 무당파 장로들의 입에서 놀란 경악성이 터져 나왔다.

해검지가.

말라 버렸다.

항상 가득 차 있었던 해검지의 호수 물은 온데간데없이 사라졌고, 바닥은 가뭄 날의 논바닥처럼 쩍쩍 갈라져 흉한 모습을 그대로 드러내고 있었다.

오로지 이현과 이현이 박아 넣은 청극검만이 해검지에 오롯이 서서 존재하고 있었다.

무당의 제자인 이현이 스스로 무당의 상징이자 자부심이었던 해검지를 훼손한 것이다.

스윽.

이현의 고개가 장문인을 향해 돌아갔다.

"……."

여전히 아무 말도 하지 않는 이현이었지만, 장문인을 바라보는 그 눈빛만큼은 호전적이었다.

그 눈빛에.

"……무당 제자. 이현!"

장문인의 얼굴이 굳어졌다.

"파문(破門)!"

그리고 그의 입에서 이현의 파문을 결정하는 말이 흘러나왔다.

피식.

이현은 그제야 웃었다.

그리고 다시 해검지에서 걸어 나와 청수진인의 시신을 안치한 관을 어깨에 둘러메고 다시 걸음을 옮기기 시작했다.

드르륵! 드르륵!

어깨에 관이 바닥에 끌려 시끄러운 소리를 내면서 이현은 얼어붙은 집법당주의 곁을 스쳐 지나갔다.

"머, 멈추어라!"

그제야 집법당주가 정신을 차렸다.

집법당주는 뽑았던 검으로 이현의 등을 겨누며 비장하게 말했다.

이현은 파문당했다. 그러니 더 이상 그의 행동에 간섭할 이유도, 무당파의 예의와 규율을 강요할 순 없다.

다만.

"관은…… 놓고 가거라!"

그의 대사형이자, 무당을 위해 일평생을 희생해 온 청수진인의 관만큼은 허락할 수 없다.

청수진인은 죽는 그 순간까지 무당의 사람이었으니까.

비장한 음성으로 전해지는 집법당주의 요구에.

피식!

이현의 입가에 또다시 비웃음이 걸렸다.

"이미 버린 걸 왜 이제 와서 찾지?"

작고 나직한 물음.

하지만, 이현의 목소리는 그를 향해 칼을 겨눈 집법당주는 물론, 몰려나온 무당파의 모든 제자들의 귓가로 선명히 틀어가 박혔다.

"……."

그것으로 끝이다.

좌중은 침묵했고, 이현은 잠시 멈췄던 걸음을 이어 나갔다.

하지만, 누구도 그런 이현을 잡을 수 없었다.

무당파는 이미 청수진인을 버렸다. 청수진인의 시신을 훼손하려던 황태자의 어림군에게 길을 열어 준 순간부터.

심적으로는 부정하고 싶지만, 부정할 수 없는 사실이다.

그러니 이현은 청수진인의 시체를 맡기지 않는다.

언제고 황태자가 다시 나타나 청수진인의 시체를 내놓으라 명하면, 또다시 길을 열어 줄 테니까.

오늘 한 번 물러서면, 내일은 결국 두 번 물러서야 하는 곳이 바로 이곳 무림이었으니까.

"……."

이현의 던진 그 말에 무당파는 침묵했다. 손끝 하나 움직이지 못하고 망부석처럼 굳어 버린 그들은 그렇게 멍하니 무당을 떠나는 이현과 청수진인의 모습을 지켜보아야만 했다.

아니, 단 한 사람.

휙! 휙!

바람 소리가 날 만큼 바쁘게 이현과 무당파의 식구들을 번갈아 바라보며 갈등하던 청화만 제외한다면 말이다.

이현의 모습이 이제는 눈으로도 찾기 어려울 만큼 멀어졌을 때쯤.

맹렬히 왔다 갔다 하던 청화의 고개가 뚝 하고 움직임을 멈췄다.

꼬옥!

청화는 주먹을 불끈 쥐었다.

결정했다.

휙.

신강에서 얻은 동물 친구인 서장 여우를 품에 안고 도도도 달려 나가 굳어 버린 청수진인의 앞에 섰다.

그러곤 허리를 꾸벅 숙였다.

"죄, 죄송해요! 장문사형!"

그것이 청화가 무당파에 하는 마지막 인사였다.

인사를 끝낸 청화는 서둘러 멀어져 버린 이현의 뒤를 쫓아 산비탈을 내달렸다.

문득 장문인이 말했다.

"무당은 오늘 세 사람을 잃었구나."

허무가 가득한 그 말에 누구도 대꾸하지 않았다.

침묵은 긍정이다.

무당파는 오늘 세 사람을 잃었다.

이윽고 잠시 뒤.

"이 쥐똥 같은 년이 왜 여기까지 따라와! 귀찮아! 가 임마!"

"이씨! 쥐똥이라고 부르지 말라니까? 내가 너보다 어른이거든?"

"나 파문당했거든? 나 이제 막 나갈 거거든?"

저 멀리 산 아래에서 아옹다옹하는 목소리가 들려왔다.

*   *   *

산 아래에는 적조의혈단이 대기하고 있었다. 무림맹을 저지한 뒤 집결한 것이리라.

"오셨습니까! 도사님!"

이현은 등장에 반색하는 적조의혈단의 인사에 삐죽 입을 내밀었다.

"지랄! 도사님은 개뿔!"

이미 파문당한 마당에 도사님이란 그 지긋지긋한 호칭도 이제 안녕이다.

그러나 애써 그걸 정정하려 하진 않았다.

일일이 설명하려면 귀찮아질 것이 뻔했으니까.

대신.

"난 이제 무림맹 부맹주도 아니다. 갈 사람은 가라!"

떠날 사람은 떠나라고 이야기했다.

무림맹 부맹주로서 누리던 권력은 사라졌고, 오히려 정파 공적이 된 마당이다.

그러니 마음에 맞지 않는 사람은 떠나는 것이 서로에게 나았다.

그러나.

"……."

대답이 없다.

그저 가만히 서서 자리를 지킬 뿐이다.

"도사님의 제일가는 충복인 이 정만이 가긴 어딜 간단 말입니까! 죽는 그 순간까지 도사님과 함께하겠습니다!"

정만이 답했고,

"이미 정파 공적으로 찍힐 대로 찍힌 마당에 어딜 갑니까? 아니, 가면! 정파에서 냅두기나 한답니까? 책임지십시오! 이게 다 도사님 때문이니!"

옥분이 답했다.

어쨌든 결론은 하나다.

떠나는 사람은 없다. 애초에 무림맹에서 한바탕했을 때부터 정해진 일이었는지도 모른다. 개중 의외인 것은 정파 출신인 장한곤까지 남아 있다는 사실이다.

"소, 소속이 어디든 어떻겠습니까! 정의만 행한다면 그것으로 좋지 않겠습니까! 저, 저는 도사님을 따르겠습니다!"

온몸에 붕대를 칭칭 감은 장한곤의 대답에 이현은 미간을 찌푸렸다.

'하여간 저놈의 과잉반응은!'

습관처럼 붙어 있는 그 과잉 반응 때문에 얼마나 고생을 했는지 다시 떠올라 버렸다.

말도 섞기 싫다. 괜히 정의를 위해 싸울 생각 없다고 말했다가는, 또 제멋대로 과잉 해석을 내놓고 쓸데없는 오해만 조장할 것이 분명했다.

어쨌든 정리는 됐다.

"가자!"

이현이 명령했다.

"예!"

그 명령에 적조의혈단이 대답하며 길을 열었다.

그렇게 막 출발하려는 찰나.

우뚝!

"저건 또 뭐냐?"

선두에 도착한 이현은 걸음을 멈춰 세웠다.

"길을 멈추시오."

수많은 깃발이 허공에 수를 놓는다. 그 아래로 수백은 족히 넘어 보이는 무사들이 비장한 얼굴이 되어 저마다 병기를 꽉 쥐고 있었다.

사방으로 퍼지는 살벌한 기세.

이현에게로 쏟아지는 살기는 당장이라도 그를 찢어 죽이겠다는 듯, 흉흉한 눈빛만큼이나 차갑게 번뜩이고 있었다.

한눈에 보아도 싸우자고 진 치고 있는 이들.

자신들의 시신을 밟지 않는 한 절대 통과시키지 않는다는 의지가 엿보인다.

그때 옥분이 조심스럽게 말했다.

"무림맹 뒤집으면서 이래저래 원한을 많이 사지 않았습니까."

"하! 같잖은 것들이."

이현은 가볍게 코웃음을 치며 고개를 모로 꼬았다.

그리고.

"비켜!"

그 말이 신호탄이 되었다.

스르릉!

수백 무사들이 일제히 검을 뽑아 든다.

잠시 뒤.

붉은 혈로가 그 자리에 아주 길게 남았다.

第七章

　무림이라는 곳 자체가 은원으로 굴러가는 곳이다. 은혜와 원한으로 박 터지게 싸우고, 일이 꼬이고, 오해가 생기고, 또 다시 새로운 은원이 만들어져 복잡하게 얽힌다.

　그것이 무림이다.

　이현은 무림맹을 치면서 원한을 샀고, 이현의 손에 죽은 무인들이 속한 정도 문파에서는 그 원한을 갚기 위해 이현의 앞길을 막았다.

　황제의 어명에 의해 봉문에 들어간 무당파야 관과 무림의 경계를 긋는 상징이 되었기에 건드릴 수 없지만, 제 발로 걸어 나온 이현은 달랐으니까.

덕분에 이현은 하루에도 수백 수천의 정파의 무리들을 베어 넘겨야 했다.

　와중에 다행이라면 아직 혼란을 수습하지 못한 무림맹이 직접 나서지 않았다는 정도다.

　이현이 향하는 방향은 남쪽이다.

　"그런데 저희 어디로 가는 겁니까?"

　자꾸만 남으로 내려가는 이현의 행로에 옥분이 물었다.

　"사도련."

　거기에 답하는 이현의 대답은 간결했다.

　마교는 무너졌고, 무림맹은 적이 되었으니, 이제 남은 곳은 사도련 뿐이었다.

*　　*　　*

　푸확!

　세상이 갈라진다. 갈라진 세상이 또다시 갈라지고 거대한 공백을 만든다. 대기의 기운이 공백을 메우기 위해 쏟아진다.

　그것이야말로 혼원살신공 제삼초 혈해의 기본 원리다.

　그 한 방으로 이제 앞을 가로막는 것은 없다.

　혈로가 만들어졌다.

　조각조각 사분오열된 시신이 지천을 뒹굴고, 흘러나온 피가 강을 이룬다.

"끝났네."

홀로 이 모든 참상을 만들어 낸 이현은 태연하게 감상을 내놓았다.

애초에 강북과 강남의 경계에 위치한 무당파다.

이현을 향한 원한으로 모여든 이들을 처리하고 강남으로 향하는 데 걸리는 시일은 그리 길지 않았다.

"간저에게 연통이 왔습니다. 이쪽으로……."

옥분이 이현을 안내했다.

사도련과 접촉하기 위해 간저를 이용했다. 그리고 이제 접선 장소에 다다랐다.

옥분이 안내한 곳은 강남과 강북을 경계 짓는 대표적인 상징인 장강의 강변이다.

그리고 그곳에.

거대한 수적선이 강 위를 가득 채우고 있었다.

거리고 그 맨 앞.

가장 거대한 함선 갑판 난간 위로 익숙한 얼굴들이 보였다.

"어머! 동생! 오는데 힘들진 않았어?"

싸가지도 없고, 주책도 없고, 있는 건 가슴밖에 없는 초희가 이현과 함께 온 청화를 반겼다.

그리고.

"여긴 대체 무슨 생각을 온 것이오!"

그 옆에 선 사도련주가 이현을 마땅치 않은 눈으로 바라보고 있었다.

사도련주의 타박에도 이현은 당당했다.

"언제는 오라면서?"

분명 그렇게 말했다. 무림맹 앞에서. 부련주의 자리까지 준다고 약속까지 했었다.

"그때와 지금은 사정이 다르지 않소! 자칫 잘못했다가는 정사대전이 일어날지도 모른단 말이오!"

그런 대꾸에 사도련주가 펄쩍 뛰었지만, 개의치 않았다.

'뭐 이 정도 반응은 예상했으니까.'

사도련주라는 직함이 무색할 만큼 온건한 성격의 사도련주다.

어지간해서는 정사대전을 원치 않아 하는 것은 익히 알고 있다. 더욱이 무림맹을 뒤엎고 정파의 무사들을 죽이고 이곳까지 온 그를 사도련에서 받아들였을 때 어떤 일이 벌어질지도 충분히 예상 가능한 일이다.

상관없다.

"그래서 선물을 준비했지!"

사도련주라면, 아니 무림인이라면 절대로 거절할 수 없는 선물을 준비했다.

"선물은 무슨 선물! 이 내가 그깟 선물에 넘어가 그대와 같은 화근을 사도련에 들일 것 같……."

여전히 길길이 날뛰는 사도련주의 반응에도 아랑곳하지 않고 이현은 품 안을 뒤져 무언가를 꺼냈다.

그리고 내민다.

"태청단인데?"

무당이 자랑하는, 그리고 무림이 인정하는.

무당파의 오랜 역사 속에서 쌓아 온 연단술로 제조한 태청단이다.

역사가 짧은 사파에서는 감히 제조는커녕 넘보지도 못할 영약이기도 했다.

아무리 돈 많은 사도련이라 해도 구할 수 없는 영단이다. 애초에 돈으로 사고팔 수 있는 물건의 영역을 벗어난 귀물이었으니까.

"이 정도 영약에, 나 정도 고수면 환골탈태도 가능하지!"

태청단을 자신만만하게 꺼낸 이현은 씨익 웃음을 지었다.

"환영하오! 오시는 길 노고는 없으셨소이까. 미리 언질이라도 하셨다면 무당산까지 마중 나갔을 것인데 말이오!"

순간 아내에 대해 생각이 미친 사도련주는 이현의 그 말에 허리까지 숙이며 합류를 쌍수 들고 환영했다.

명색에 사도련주치고 지나치게 가벼운 태세 전환이다.

그렇게.

이현과 적조의혈단은 사도련에 합류했다.

*　　　*　　　*

이현이 무림맹과 척을 지고 무당파에서 파문당했다. 그것
도 모자라 사도련에서 부맹주로 새로운 인생을 시작한다.

"……우리 이대로 괜찮은 거냐?"

간저의 입장에서는 심사가 복잡하다.

이현을 통해 무당파의 비호를 받고 있다고 믿는 간저다. 더
욱이 이현이 무림맹에 입성했을 때는 천지신명님께 감사의 뜻
을 전하는 제까지 지내려고 했었다.

무당파가, 그리고 무림맹 부맹주씩이나 되는 이현이 간저패
의 뒤를 봐주면 그야말로 무서울 것이 없었으니까.

하지만 그렇게 좋아하던 시절이 무색하게 무당파라는 뒷배
와 무림맹 부맹주 이현이라는 뒷배가 동시에 사라져 버렸다.

그나마 다행이라는 점이 그래도 이현이 사도련의 부련주로
들어갔다는 정도가 전부다.

한창 사업을 확장해 나가던 중에 생긴 예상치 못한 대형 변
수에 간저는 근심에 빠졌다.

그런 간저의 모습에 대두는 혀를 찼다.

"쯧쯧쯧! 제가 몇 번이나 말했잖습니까! 괜찮아요! 괜찮습니다! 저희에겐 오히려 더 좋은 일이라니까요!"

"그, 그럴까?"

"솔직히 툭 까놓고 이야기합시다! 우리가 영업하는 데 무림맹 무당파 뒷배가 좋겠습니까? 아니면 사도련 뒷배가 좋겠습니까? 사도련엔 녹림십팔채도 있고, 수로채도 있는데요!"

"그, 그야 사도련이지."

그건 간저도 인정했다.

아무리 도를 넘지 않는다고 하지만 간저패는 기본적으로 흑도다. 흑도가 하는 일이 도를 넘지 않는다고 해서 합법이 되는 것은 아니다.

정파가 뒤를 봐주면 결정적인 순간에 입 닦아 버릴 수도 있지만, 돈과 이득을 최고로 치는 사파에서는 적어도 그냥 입 닦지는 않는다.

돈과 이득이 걸려 있으면 어느 정도 손은 써 주기 마련이다.

"그럼 뭐가 걱정입니까!"

그럼에도 여전히 근심 걱정을 떨쳐 내지 못하는 간저의 모습에 대두가 버럭 화를 냈다.

그와 동시에 간저의 눈빛이 변했다.

"너 이 자식 요즘 막 기어오른다? 머리 좋아서 좋겠다! 이제

막 나까지 잡아먹으려고 하고!"

요즘 들어 부쩍 대두에게 휘둘리는 간저였지만, 그래도 대두의 상관은 간저다.

이따금 대놓고 드러나는 대두의 하극상을 그냥 넘어갈 수는 없는 일이다.

주먹을 말아 쥔 간저의 모습에 대두도 움찔하지 않을 도리가 없었다.

간저가 정말 작정하고 주먹을 휘두르는 날에는, 대두도 인생을 하직해야 하는 처지였으니까.

"아니, 제 말은 그게 아니지 않습니까!"

"그럼! 뭔데?"

"왜 쓸데없는 걱정을 사서 하느냐 이 말이지요. 대체 뭐가 그리 걱정이십니까?"

"그 인간이 무림맹 나오면서 곱게 나왔냐? 그러고 사도련에 쏙 들어가 버리면? 중간에 낀 우리는 뭐가 되냐 이 말이야! 무림맹 애들이 그놈 원한 때문에 우리부터 치고 들어오면? 그땐 어떻게 할 건데!"

간저가 진정으로 걱정하는 것은 이것이다.

이현과 무림맹 간에 얽힌 원한.

그 원한의 불똥이 혹여 간저패에게 튀는 건 아닌가 하는 것이 그의 근심의 요점이었다.

하지만 그것도 다 쓸데없는 걱정이다.

"생각해 봅시다. 눈앞에 칼 들고 설치는 미친놈이 있어요."

"갑자기 칼 든 놈은 왜? 대가리를 확 쪼개 버려야지! 그걸 놔둬?"

"일단 들어 보시란 말입니다. 그런데 칼 든 놈이 앞에서 미쳐 날뛰는데 옆에서 모기가 앵앵거려요. 그럼 모기부터 잡습니까? 칼 든 놈부터 잡습니까?"

"그야 칼 든 놈이지! 칼빵 맞아 죽을 일 있냐?"

간저는 뭐 그딴 걸 다 물어보냐는 듯 대두를 바라보았다.

대두는 그런 간저의 모습에 씩 웃음을 지었다.

"바로 그겁니다. 우리가 바로 모기란 말입니다! 눈앞에 사도련 부련주로 전직하신 도사님이 계시는데, 무림맹 눈에 저희가 어디 눈에 들어오기나 하겠습니까?"

"……아!"

그제야 간저도 대두가 하고자 하는 말이 무엇인지 확실히 인지했다.

애초에 무림맹에게 간저패는 안중에도 없는 상대다.

눈앞에 이현이 사도련을 등에 업고 있는 이상은 말이다.

이제 모든 상황을 이해한 간저가 머리를 긁적였다.

"그럼…… 이거 좋아해야 하는 거지?"

좋아해야 할 일이다.

이현보다 먼저 간저패가 쓸려갈 일은 없다는 뜻이니까.

그런데도.

"왜 이렇게 기분이 더럽지?"

정체 모를 불쾌감이 엄습해 왔다.

"모기라니…… 평생을 바친 이 간저패가 모기라니……."

*   *   *

간저가 이현의 전직을 걱정하는 것처럼. 이현은 참 많이도 소속을 바꾸었다.

야율한 때는 군이 분류하자면 마도 쪽이었다. 그 마도 쪽에서 제일의 자리에 올랐었다. 이현의 몸으로 깨어난 이후에는 정파였다. 정파의 중심이라는 무림맹에서 부맹주까지 해먹을 정도다.

그리고 이제 이현은 사파다.

직급도 사파의 주인인 사도련의 부련주를 달았다.

이쯤 되면 정사마 모두 한 자리씩 꿰찬 것이나 다름없다.

그렇게 역사상 처음으로 정사마 세 세력의 정점에 서며 사도련에 입성한 이현은.

아직 이렇다 할 움직임을 보이진 않았다.

그저 청수진인의 장례를 조촐하게 시작하는 한편, 사도련주와의 약속을 이행할 뿐이다.

이현은 사도련주와 마주 앉았다.

새로 이현에게 지급된 부련주전은 제법 그럴싸했다. 무림맹이 철옹성 같은 느낌이었다면, 사도련은 그야말로 호사의 끝이다.

괜히 사파가 돈 많다는 말이 거짓이 아니라는 걸 증명이라도 하듯, 부련주전의 모든 가구와 집기들은 최상급이다.

그곳에서 이현과 사도련이 마주했다.

약속했던 대로, 태청단을 이용한 환골탈태 때문이다.

"걱정하지 말라고. 이 정도 영약에 나 정도 되는 고수면 환골탈태는 그리 어렵지 않으니까."

이현은 장담했다.

비록 단 한 번도 누군가를 환골탈태 시켜 준 일은 없었지만, 그래도 걱정할 것은 없다.

이미 방법은 알고 있으니까.

"그럼 믿고 부탁하겠소."

그런 이현의 호언장담에 사도련주는 진중한 얼굴로 고개를 끄덕였다.

"그래 그럼 믿고 맡기라고! 자, 이제 슬슬 환골탈태를 시작해 볼까? 지금 네가 환골탈태하면 나 정도는 아니지만, 그래도 천하십대고수 중에서는 상대가 없을……"

이현은 환골탈태를 위한 준비를 시작했다.

사도련주가 강해지면 이현으로서도 좋다. 앞으로 하고자 하는 일을 생각하면 강자가 하나라도 더 느는 편이 나았으니까.

하지만.

"내가 아니오."

사도련주는 고개를 저었다.

"어? 네가 아니면? 그럼 누구? 뭐 싹수 보이는 놈이라도 있어?"

당연히 사파의 유망한 고수 중 하나라 짐작한 이현과 달리, 사도련주는 여전히 고개를 저었다.

"아니오. 내 안사람을 부탁드리오!"

사도련주가 환골탈태를 시켜 줄 것을 부탁한 이는 그의 부인이었다.

사도련주는 처음부터 이현이 환골탈태를 언급했을 때부터 부인을 생각하고 있었다.

"뭐? 네 부인? 불가능한 건 아닌데…… 무림인은 아니잖아? 그럼 환골탈태한다고 해서 공력이 생기는 것도 아니라고. 잘 생각해 봐! 어지간한 무인도 고수로 만들어 버리는 환골탈태라고!"

이현은 이마를 긁적였다.

하기만 하면 어지간한 무사는 곧바로 고수 소리를 들을 수 있는 것이 환골탈태다.

그런데 무공도 익히지 않은 부인에게 해 달라고 하니 쉽사리 이해가 가질 않았다.

아니, 소청단이면 이해를 할 수 있을지도 몰랐다.

'나도 못 먹어 본 태청단인데!'

태청단이다.

강호에서도 다섯 손가락에 꼽히는 절대 영단.

그 영단을 이런 식으로 쓴다는데 어떻게 이해를 할 수 있겠는가.

그러나 사도련주는 고집을 꺾지 않았다.

"내게는 그만큼 가치 있는 일이오. 부탁드리겠소이다."

정중히 허리까지 숙이는 사도련주의 모습에 이현은 입맛을 다셨다.

아깝다.

"뭐 그래도 어쩔 수 없지. 해 달라는데 해 줘야지."

그렇게.

이현은 청수진인의 장례를 지내는 한편 사도련주의 부인을 환골탈태 시키는 일을 시작했다.

*　　　*　　　*

사도련주의 부인은 심각한 상태였다.

오장육부가 제대로 된 기능을 하지 못하고, 자궁은 찢어진 지 오래다.

내공 한 올 없으면서도 이런 몸으로 용케 지금껏 살아 있었다는 것이 신기한 일이다.

사도련주이기에 가능했을 것이다.

사도련의 주인이기에 할 수 있는 모든 방법을 동원하여 현상 유지라도 할 수 있었을 것이다.

"까다롭긴 하지만 뭐, 그리 어렵진 않겠네."

내기를 흘려 넣어 몸 상태를 확인한 이현은 고개를 끄덕이며 견적을 뽑았다.

"손해 보는 장산데……."

환골탈태를 시켜도 정상 이상은 기대하기 어렵다. 그나마 망가진 눈과 걷지 못하는 다리, 찢어진 자궁은 고칠 수도 없다.

정상이라는 건 어디까지나 약해질 대로 약해진 건강을 회복하는 정도다. 적어도 지금보단 잔병치레가 적은 정도가 고작이다.

사도련주에게도 이미 이야기했던 부분이긴 하지만, 어찌 되었든 들이는 돈과 노력에 비해서 손해 보는 장사임은 확실했다.

"그러게요. 그이가 고집이 강해서. 죄송해요. 저 때문에 번거로우실 텐데……."

이현의 혼잣말에 사도련주의 부인이 옅게 미소 지으며 말했다.

착하다.

그것도 엄청!

코앞에서 기분 나쁠 소리를 거침없이 내뱉었는데 이런 식의 대답이 돌아오리라고는 상상도 못 했다.

"뭐…… 번거로운 정도는 아니고……."

직설적이고 다혈질적인 단순한 성격인 이현에게는 확실히 어울리지 않는 성격이다.

차라리 발끈하기라도 했으면 이처럼 어색하지는 않았을 것이다.

괜히 내뱉은 말을 주워 담은 이현은.

"그럼 시작한다!"

"감사해요."

"감사는 개뿔! 일단 먹어."

그녀의 고맙다는 인사를 뒤로하고 태청단을 먹이는 것으로 의식을 시작했다.

먼저 수혈을 짚고 아혈을 점했다.

이미 있는 뼈를 바꾸고 피부를 바꾸는 일이다. 그러니 그 고통이 결코 작지 않다. 그래서 수혈을 짚은 것이다. 또한 혹여 그 고통에 혹여 무의식중에라도 입을 열어 기운이 빠져나갈까 싶어 아혈을 점하여 입을 열지 못하게 만든 것이다.

뒤이어.

장심을 그녀의 단전 어림에 놓았다.

후웅!

단전과 맞닿은 장심에서 기묘한 공명이 일어났다. 태극무해심공의 내공을 불어넣음으로써 생기는 현상이다.

이윽고 이현도 두 눈을 감았다.

눈을 감고 그녀의 몸 안에 흘려 넣은 태극무해심공의 기운에 촉각을 곤두세웠다.

단련되지 않은 혈도는 얇고 가늘다. 군데군데 막히고 망가져 있어 제대로 된 활로를 찾기 어렵다. 마치 여기저기가 막힌 물길 같다.

막다른 길에 들어서면 돌아서지 못하고 갇혀 고이거나, 물길을 무너트리게 된다.

그래서는 안 된다.

이현은 조금 전 기억을 더듬어 가장 안전한 경로를 찾아 기운을 움직였다. 연약한 그녀의 몸만큼이나, 기운을 운영하는 데에는 각별한 주의가 필요했다.

그렇게 복잡하게 얽힌 부실한 길을 지나.

'찾았다!'

태청단의 기운을 찾아냈다.

정순한 태청단의 기운은 미처 단전까지 이르지 못하고 명치어림에 머물러 뭉쳐 있었다. 워낙 몸 여기저기가 상한 몸이라 곧장 단전으로 흘러들지 못한 것이다.

이현은 태극무해심공의 기운을 태청단의 기운을 향해 이끌었다.

그리고 어울린다.

마치 원래부터 하나였던 듯 자연스럽게 섞이고 융화되는 두 기운을 다루는 데는 그리 오랜 시간이 걸리지 않았다.

뒤이어 이 기운들을 모두 단전으로 이끈다.

이후 그녀의 온몸으로 퍼져 나가야 할 기운들이었지만, 지금은 당장 정비를 갖출 휴식처가 필요하다.

그것이 단전이다.

내가기공을 익힌 무림인들이 주로 단전에 내공을 담는 것 또한 그와 같은 이치다. 사지 백해로 뻗어 갈 땐 뻗어 가더라도 그 근본이 될 그릇은 있어야 중심을 잃지 않으니까 말이다.

그렇게 두 기운을 그녀의 단전으로 이끈 후 실뭉당이처럼 겹겹이 엉켜 뭉친 태청단의 기운을 한 올 한 올 풀어 갈 때였다.

후웅!

'음?'

공명이 일어났다.

그녀의 단전 어림에 올려놓은 장심에서 느껴지는 강렬한 공명이다.

그것만이라면 전혀 이상할 것이 없다.

하지만.

'나는 또 왜 이래?'

태극무해심공의 기운을 뽑아내는 이현의 단전에도 공명이 일어나고 있다.

'이게 무슨!'

예정에 없던 현상에 생겨난 의문을 해결할 틈도 없이.

'뭐야 이건!'

또 다른 이변이 일어나기 시작했다.

이현의 단전에 잠들어 있던 모든 내공이 그녀의 단전으로 쏟아져 들어가기 시작했다.

위기감이 엄습했다.

'내 내공 내놔 이년아!'

졸지에 이러다 공력 다 뺏길 판이다.

　　　　　＊　　　　＊　　　　＊

　그동안 쌓아 왔던 모든 내공이 사도련주의 부인에게 들어
가는 예상치 못한 현상.

　덕분에 반나절이면 충분하리라 예상했던 치료는 하루 꼬박
밤낮이 지나도 끝이 날 줄을 몰랐다.

　"호, 혹 잘못된 것은? 아니! 아니다! 그럴 리가 없어! 그녀가
잘못될 리가 없지 않은가!"

　길어지는 치료 시간만큼 사도련주의 마음도 바짝 타들어
가고 있었다.

　방문 앞에서 가만히 있지 못하고 이리 갔다가 저리 갔다가
하며 방황하는 사도련주의 두 눈은 격렬하게 흔들리고 있었
다.

　아무리 진정을 하려고 해도 머릿속에는 온갖 불안한 상상
들이 나래를 펼치고 있었다.

　끔찍하다.

　순간순간이 지옥 같다.

　차라리 십만 대군을 상대로 홀로 싸우는 편이 마음이 편할
것 같다.

　그러다 문득.

　"가만히 있어라!"

하늘을 보고 소리쳤다.

어스름이 밝아 오는 새벽하늘에 갑작스럽게 울려 퍼진 사도련주의 외침.

분명 주위에 아무도 없건만 사도련주의 눈빛은 진지했다.

불안을 못 이겨 미친 것은 아니다.

"흑풍! 가만히 있어라! 더 불안해진다!"

련주전 곳곳에 은신해 있는 흑풍에게 한 말이다.

은신해 있는 흑풍들도 그와 같이 초조를 이기지 못하고 방황하고 있는 것이 사도련주에게는 고스란히 전해지고 있었다.

그것이 더 정신 사납다.

웃기는 일이다.

똥 묻은 개가 겨 묻은 개 나무란다고, 정작 가장 가만히 있지 못하는 인간이 흑풍에게 가만히 있으라 엄포를 놓고 있었으니까.

하지만 흑풍은 불만을 토로하지 않았다.

아니, 토로하지 못했다는 말이 맞았다.

펑!

굳게 걸어 닫혀 있던 방문이 터져 나갔으니까.

"끅! 염병할!"

방문을 터트리고 나온 이는 이현이었다. 바닥에 처박힌 이현은 식은땀이 가득한 얼굴로 욕지거리를 씹어 뱉었다.

주륵!

악다문 이현의 입가로 가는 핏줄기가 흘러내렸다.

"어, 어떻게 된 것이오?"

그 모습이 사도련주의 눈을 돌아가게 만들었다.

예정보다 길어진 치료 시간. 그것도 모자라 갑자기 방문을 부수고 튀어나온 이현의 입가에 흐르는 핏줄기까지.

부인을 끔찍이도 생각하는 사도련주는 뇌리에 떠오르는 불안에 어찌할 바를 몰랐다.

연이어 질문을 쏟아 낸다.

"성공했소? 환골탈태는? 아니, 그것보다 무사하오? 어, 어디 잘못된 곳은 없는 것이오? 아니아니아니! 그것보다 목숨은! 목숨은 무사한 것이오?"

"끄응!"

쉬지 않고 쏟아 내는 사도련주의 질문 공세에 이현은 힘겹게 몸을 일으켰다.

그리고.

"처음은 순조로웠는데……."

"순조로웠는데?"

"예상치 못한 사고가 있어서 그만……."

"그, 그만?"

사도련주가 눈을 부릅떴다.

가뜩이나 하얀 사도련주의 낯빛은 이젠 파랗게 질려 버렸다. 사도련주는 그 자리에서 굳어 버렸다. 부서진 방문을 향해 고개를 돌리는 사도련주의 모습은 마치 녹슨 경첩 같았다. 그만큼 어색하게 느껴졌다.

저, 저벅.

힘겹게 걸음을 옮긴다.

걸음마를 처음 배우는 아이처럼. 아니, 온몸에 힘 쫙 풀려 제대로 서 있기도 힘든 사람처럼.

그렇게 걸어가는 사도련주의 두 눈은 초점 없이 흔들리고 있었다. 눈시울이 붉어졌다.

툭! 투둑!

사도련주의 하얀 낯빛 위로 눈물이 반짝이며 떨어져 내린다.

혼이 나가 버린 것만 같다.

"부, 부인…… 부인!"

상처 입은 짐승같이 절규했다.

그런데.

"네. 무린, 찾으셨나요?"

부서진 방문으로 그녀가 걸어 나온다.

더는 걷지 못하게 되어 나뭇가지처럼 메말라갔던 모습은 찾아볼 수 없다. 그녀가 눈을 잃은 이후로 단 한 번도 들리지 않았던 눈꺼풀이 열려 있었다. 그 열린 눈꺼풀 사이로 별처럼 빛나는 두 눈이 사도련주를 향하고 있다.

"……!"

그녀의 모습에 사도련주는 우뚝 멈춰 버렸다.

모든 사고가 정지한 사도련주의 시선이 다시 힘겹게 몸을 일으키는 이현을 향해 돌아갔다.

"주, 죽은 게 아니었소?"

이현에게 물었다.

죽은 줄 알았다. 그래서 세상이 무너지는 것만 같았다. 심장이 천 갈래 만 갈래로 찢어지고 온몸의 핏기가 싹 사라져 버리는 것만 같았다. 살아갈 이유도 사라져 버렸다.

그런데.

살아 있다.

놀란 토끼 눈을 한 사도련주의 물음에 이현의 눈빛이 변했다.

"뭐 이런 놈이 다 있어? 그럼? 살았지? 죽었겠냐? 왜? 죽었으면 했어? 햐! 이거 나쁜 놈이네? 왜? 이참에 니 부인 죽으면 그 가슴만 큰 년 정실로 앉힐 생각이었냐?"

뭐 이런 인간이 다 있나 하는 눈으로 바라보는 이현의 눈빛은 마치 사도련주를 쓰레기 같은 놈으로 보는 듯했다.

사도련주는 다시 질문을 던졌다.

"그, 그럼 사고는?"

분명 사고가 있었다고 했다. 그 때문에 오해를 시작한 것이 아니던가.

하지만 돌아온 대답은 사도련주의 상상을 한참이나 어긋나 있었다.

"사고? 있었지. 그래서 그만 예정보다 더 고쳐 버렸어. 나도 이게 이렇게까지 말끔하게 고쳐질 줄은 몰랐거든."

그녀가 잃었던 눈과, 그녀가 잃었던 다리를 다시 얻었다. 이미 이현이 치료에 앞서 환골탈태로도 고치는 건 불가능하다고 이야기했던 것이었다.

그런데 치료 중 일어난 사고가 그 불가능을 가능으로 만들었다.

기적이다.

분명 꿈에 바라 마지않던 일이 현실로 이루어졌다. 그저 나날이 약해지는 그녀의 몸이 환골탈태를 통해 건강해지는 것만으로도 족하다 여겼거늘, 그 이상이 되었다.

좋아해야 할 일이다.

그리고 실제로도 기쁘다.

하지만 사도련주는 그 기쁨과 환희와 동시에 무언가 속은 것만 같은 억울함이 밀려들고 있었다.

"그, 그럼 그 입가에 흐르는 피는 무엇이오!"

사도련주는 손가락으로 이현의 입가에 흐르는 선혈을 가리켰다.

　　단 한 번에 지옥 끝 나락으로까지 떨어져 내려야만 했던 결정적인 이유가 이현이 흘린 피 때문이었다.

　　그 물음에,

　　"아! 이거? 아까 날아가면서 혀 깨물었어. 설마 나도 이렇게 튕겨 나갈 줄은 몰랐지. 염병할!"

　　대수롭지 않게 대답하고는 슥 하고 입가에 흐르는 핏물을 소매로 닦아 버렸다.

　　이현의 태도는 당당했다.

　　자신이 했던 말과, 입가에 흘린 피가 대체 무슨 문제가 되느냐는 투다.

　　속았다.

　　완벽하게.

　　사도련주는 그 사실을 확실히 인지했다.

　　하지만.

　　"큭! 크흐흐흐흑!"

　　사도련주는 자신을 오해하게 만든 이현을 향해 분노를 터트리지 않았다. 오히려 울어 버렸다.

　　명색에 사파의 주인이라는 직책과, 빙혈도제라는 살 떨리는 별호를 가진 주제에 어울리지도 않는 닭똥 같은 눈물을 줄줄 흘려 냈다.

덥석!

"뭐, 뭐야! 왜 이래? 왜 갑자기 껴안고 지랄이야? 안 떨어져? 붙지 마라? 안 떨어지면 죽빵 날아간다? 뭐야? 너 이 새끼 왜 이렇게 안겨? 솔직히 말해 너 남색이지? 응?"

그리고 그대로 눈물을 줄줄 흘리며 이현을 끌어안아 버렸다.

당황한 이현이 소리쳤지만, 사도련주는 오히려 안은 두 팔에 더욱 힘을 주었다.

이현 때문에 짧은 순간, 지옥과 극락을 오간 사도련주다.

그러나 원망이나 억울한 마음은 들지도 않았다.

성공. 그리고 기적.

그가 사랑하는 여인이 잃어버렸던 그녀의 가장 빛나던 시절을 되찾아 준 이현에게 그저 감사한 마음만이 가득했다.

"고맙소! 정말! 정말 고맙소이다! 쿵!"

눈물을 줄줄 흘리며 여전히 이현을 꼭 끌어안은 사도련주는 고맙다는 말만 연신 되풀이하였다.

그리고 그런 사도련주의 행동은.

"정말! 정말 고맙소……킥!"

이현의 주먹이 그의 옆구리를 깊숙이 파고들어서야 끝이 났다.

이현은 옷에 묻은 사도련주의 분비물을 신경질적으로 털어내면서 으르렁거렸다.

　"고마우면 고마운 거지! 왜 징그럽게 안기고 지랄이야! 지랄이!"

　어쨌든.

　환골탈태는 기대 이상의 성과를 거두며 성공으로 끝이 났다.

第八章

　기대 이상의 성과를 이룬 환골탈태의 비밀은 여러 가지 복합적인 이유가 작용했기에 가능한 일이었다.

　우선 가장 간단한 이유 중 하나가 태극무해심공과 태청단이다. 본디 도교 문파인 무당에 그 뿌리가 있는 태극무해심공과 태청단은 기본적으로 상성이 잘 맞았다. 그것은 이미 소청단 한 번 잘못 핥았다가 어렵게 심어 놓은 혼원살신기를 잃은 일로도 충분히 경험한 일이다.

　이는 이현도 예상했던 변수였다.

　다만, 그 변수에 또 다른 원인이 변수로 작용했다. 태극무해심공의 성질과, 망가진 사도련주 부인의 몸 상태가 바로 그것이다.

애초 태극무해심공 자체가 무당파 내에서도 도가 선공의 성질을 가장 짙게 가지고 있는 내공심법 중 하나다. 양생을 통한 등선에 그 목적을 둔 선공의 특성상 병든 몸을 치료하려고자 하는 성질을 가지고 있다.

더욱이 태극무해심공은 그 이름에도 알 수 있듯 움직이면 움직일수록 더욱더 성장하는 내공심법이다.

사도련주 부인의 몸에 스며든 태극무해심공의 기운은 그 성질을 십분 발휘했다.

나약해질 대로 나약하진 그녀의 몸을 가만히 내버려 두질 않은 것이다. 사지 백해로 뻗어 나가 막힌 혈맥을 뚫고, 쇠락한 기운을 북돋웠으며, 병을 치료했다. 태청단의 기운이 이를 도왔으니 태극무해심공의 기운에게는 든든한 조력자까지 있는 셈이다.

그리고 결코 가볍지 않은 그녀의 몸 상태를 치료하느라 바삐 움직이는 태극무해심공이 그 안에서 성장을 거듭했다.

이 또한 이현이 예측했던 범위 안이었지만, 사실 그것만으로도 기대 이상이었다.

솔직히 말해 단전에 있던 모든 공력이 그녀에게로 넘어갈 것이라고까진 예상하지 못했던 일이었다.

거기에 마지막으로 새로운 변수가 끼어들었다.

사도련주가 날로 쇠약해져 가는 그녀에게 복용시킨 갖가지 영약들이다. 정파의 구대문파처럼 오랜 전통과 역사를 갖지 못한 사도련에서 구할 수 있는 것이라고 해 봐야 인형설삼과 같은 가공되지 않은 생약뿐이었다.

　제 부인이라면 끔찍이 여기는 사도련주다. 거기에 돈 많은 사파의 주인이기도 한 그가 그녀를 위해 구한 영약은 결코 작지 않다.

　그것들은 그녀의 몸 안에서 융해되어 본래의 약효를 발휘하기도 하였지만, 그녀는 기본적으로 무공을 익힌 무림인이 아니다.

　그러니 그녀의 몸 안에 흡수된 영약들은 모두 녹아 흡수되지 못했다. 아무리 사도련주가 직접 운기도인을 해 준다고 해도 한계는 있었으니까. 그렇게 흡수되지 못한 영약의 기운들은 제각각 뭉쳐 그녀의 전신 세맥 깊은 곳에 자리 잡고 숨어 있었다.

　그러던 것이 태극무해심공이 그녀의 몸을 치유하기 위해 온몸으로 퍼져 나가면서 하나둘 깨어나 합류했다.

　이것은 이현도 미처 예상하지 못한 부분이었으니까.

　이현이 사도련주에게 물어본 적 없었고, 사도련주가 말해 준 적 없었으니까.

　사도련주 부인의 환골탈태가 예상 이상의 성과를 이룬

것은 이와 같은 변수들이 하나로 합쳐졌기에 가능한 기적이었다.

그래서 결론은.

'공력이 늘었다!'

이현은 멀거니 단전 어림을 바라보다 머리를 긁적였다.

졸지에 기운이 확 늘어 버렸다. 그녀의 몸 안에 잠들어 있던 영약들이 가진 기운에, 태청단의 기운, 거기에 더해 그녀의 몸 안에서 예상치 못한 급성장을 이룬 태극무해심공의 기운까지.

환골탈태가 끝난 후 모두 이현에게 돌아와 버렸다.

어째 결론이 이상하게 나 버렸지만…….

'뭐, 나쁠 건 없지.'

이현은 그저 고개 한 번 끄덕이는 것으로 대수롭지 않게 넘어가 버렸다.

다다익선이라고 했다. 자고로 공력은 많으면 많을수록 좋은 법이기도 했다.

그렇게 이현이 본의 아니게 얻은 기연에 황당한 마음을 수습하고 있을 때.

이번엔 제 부인과 끌어안고 또 한차례 눈물 콧물을 뽑아낸 사도련주가 다가왔다.

붉어진 눈시울을 하고 걸어오는 사도련주의 모습은 그

래도 많이 진정된 모습이다. 적어도 아까와 같이 밑도 끝도 없이 끌어안고 눈물을 쏟진 않을 분위기다.

피식.

그 모습에 이현은 웃었다.

"다시 한 번 감사 인사드리겠소이다. 고맙⋯⋯!"

척!

다시 인사를 올리는 사도련주의 어깨를 팔로 휘감았다.

"아직 안 끝났어."

"끄, 끝이 아니라니? 혹, 무슨 문제라도?"

씩 웃으며 건네는 이현의 말에 사도련주의 눈이 또 동그래진다.

"문제는 무슨 문제! 그게 아니라 봐 봐! 앉은뱅이였던 네 부인이 다시 일어섰지?"

"그, 그렇소만? 그건 감사하게 생각하고 있소."

"그리고 장남이었는데 이제 눈도 되찾았지?"

"그, 그것도 감사하고 있소이다만?"

영문을 알 수 없는 이현의 물음에 사도련주는 연신 고개를 끄덕였다.

이현이 대체 왜 이러는지 전혀 모르겠다는 눈치다.

그런 사도련주에게 말했다.

"그럼 이제 뭐가 남았냐?"

"나, 남기는? 무엇이 남았단 말이오?"

"아! 이거 은근히 눈치 없네. 이리 와 바!"

여전히 정답을 찾지 못하고 헤매는 사도련주의 모습에 이현은 더욱 세차게 사도련주의 어깨를 끌어당겼다.

그리고 그의 귓가에 속삭였다.

"자궁!"

"예?"

"아기집 말이다! 아기집! 환골탈태하면서 그것도 다시 고쳐 놨다!"

"저, 정말이오?"

놀란 사도련주의 목소리가 높아졌다.

이현은 망설임 없이 고개를 끄덕였다. 환골탈태를 시키면서 확인한 결과이니 틀릴 일은 없다.

"그래! 이 자식아! 이제…… 흐흐흐홋! 애도 가질 수 있다고! 어때? 죽이지?"

득의양양한 이현의 물음.

사도련주의 얼굴에도 서서히 웃음이 번지기 시작했다.

"허면? 이제 부, 부인과 한 침대에서 손 잡고 자면 애가 생긴단 말이오?"

기대로 가득 찬 눈으로 던져오는 사도련의 질문에.

"……손?"

순간 이현이 벙쪘다.

"설마 진심으로 하는 소리는 아니지?"

열 살배기 어린애도 아니고 뜬금없이 이게 무슨 소린가
싶다.

그냥 장난일 것이다.

명색에 사도련주쯤 되는 인간이 애나 믿을 법한 말도 안
되는 거짓말을 믿고 있을 리 없다.

그럼에도.

"그냥 솔직하게 말해도 돼! 어차피 알 것 다 아는 나이끼
리 왜 체면을 차리고 지랄이야? 그치? 농담이지?"

그럼에도 거듭 이렇게 질문을 던지는 것은 진지한 사도
련주의 표정 때문이었다.

"지, 진심이오만?"

사도련주는 진지했다.

심지어 매를 닮았다고 평가받던 매서운 두 눈에 깃든 감
정 또한 진지했다.

더불어 이현의 얼굴은 참혹하게 일그러졌다.

"그럼 네 부인 애 못 갖는 건 어떻게 알았어!"

"그야 의원이 말해 줬소이다만?"

"그럼 그 말만 믿고 지금까지 아무것도 안 한 거야?"

"손은 잡고 잤소만…… 역시 의원의 말대로 아이는 생기

지 않았소이다."

"그, 그럼 수룡채에서 그 가슴만 큰 년이랑 있을 때는? 그땐 뭔데!"

"이 이유는 모르겠지만, 초 소저가 갑자기 옷을 벗고 자꾸 몸을 비비기는 하였소만 중간에 그대가……."

"네 군사가 이야기한 삼만팔천가지 색공은?"

"익힐 일이 없어 한 번도 보지 못했소이다. 그래도 아마 무공 서고에 그 정도는 있는 건 맞을 것이오. 그런데 그건 왜 묻소?"

"이런 염병!"

결국, 이현은 눈을 질끈 감아야만 했다.

황당하다고 해야 할지, 어처구니가 없다고 해야 할지. 그것도 아니면 불쌍하다고 해야 할지.

어째 대화를 하면 할수록 마음이 복잡해진다. 이 복잡 무구한 감정을 무어라 표현해야 할지 마땅한 말도 떠오르지 않는다.

명색에 사파의 지존인 사도련주라는 인간이!

칼만 뽑으면 수백 수천의 목숨쯤은 눈 한 번 안 깜빡이고 베어 넘긴다는 인간이!

비고에 삼만팔천가지 색공까지 쟁여 놓고 있는 인간이!

'이 인간은 뭐 아는 게 없어!'

남자 나이 열다섯만 넘어도 스스로 학습을 통하여 깨닫
는다는 그것! 누가 억지로 시키지도 않는데 가장 뜨겁게 학
구열을 불태운다는 그것!

모른다.

아무것도.

그런 인간이 사도련주의 주인이다. 백옥같이 새하얀 청
백지신이.

그리고 이현은.

그 청백지신 순진남이 주인으로 있는 사도련의 신임 부
련주다.

이현은 이 한심하고 불쌍하고, 어처구니없는 인간에게
해 줄 말이 무엇인지 확실히 깨달았다.

"야이! 고자 새끼야아! 도 닦아? 네가 도사야? 중이야?
아니면? 동자공이라도 익힌 거냐! 왜? 차라리 애새끼는 황
새가 물어다 준다고 하지!"

이현은 맹렬하게 사도련주를 몰아붙였다.

"왜? 왜 이러시는 거요?"

그 맹렬한 기세에 사도련주가 어깨를 움츠렸지만, 이현
은 전혀 여기서 멈출 생각이 없었다.

'내가 이딴 꼴 보려고 사파 온 줄 알아!'

전직 혈천신마이자 현직 무당신마인 이현이 몸담은 사파

의 주인이란 위인이 실은 순진무구한 어린이란 사실은 절대로 용납할 순 없다.

신마라는 이름이 있지.

자존심 때문이라도 절대 그럴 순 없다.

"잘 들어라! 이 고자야!"

도망가지 못하게 사도련주의 어깨를 꽉 부여잡았다.

그리고.

속닥속닥.

귓가에 속삭여 가르쳐 주었다.

음과 양, 남과 여, 자연을 지배하는 창조와 탄생의 이치를.

하나하나. 낱낱이, 자세하게 무엇 하나 빼먹는 것 없이 초급 과정에서부터 심화 과정까지 전부 사도련주의 머리에 박아 넣었다.

사도련주를 위한 이현의 성교육이 계속될수록.

사도련주의 새하얀 얼굴이 점점 더 붉게 타오르기 시작한다.

그리고.

"그, 그건 너무 더럽지 않소?"

나름 잠깐의 반항을 해 보았지만,

"닥쳐 이 자식아! 막상 하면 제일 좋아할 놈이 더럽긴 개뿔! 닥치고 들어!"

이현의 박력에 묻혀 버렸다.

그렇게 이현의 단기 주입식 교육을 통하여 사도련주는 순진무구한 아이에서 어른이 될 준비를 하고 있었다.

사도려주를 향한 이현의 불꽃 튀는 주입식 성교육이 끝난 그 날 밤.

사도련주는 자신이 왜 천하십대고수 중 일인이자 사파의 지존인지를, 그의 부인은 그녀가 흡수한 태청단이 얼마나 뛰어난 영단인지를.

온몸으로 증명했다.

더불어.

"야이 짐승들아! 잠 좀 자자! 잠 좀 자! 새벽까지 뭐하는 짓이야!"

이현은 밤을 지새워야만 했다.

                    *   *   *

"사질아 너 왜 그래? 눈 밑이 시커매."

뜬눈으로 밤을 지새우고 방문을 나선 이현을 발견한 청화가 물어 왔다.

"아…… 짐승 같은 것들 때문에."

지친 목소리로 답하는 이현의 눈 밑은 검게 물들어 있었다.

밤새 한숨도 못 잤다.

'괜히 가르쳐 줘서 이게 무슨 고생이야!'

괜히 가르쳐 줬다. 쓸데없이 사도련주에게 성교육을 시키는 바람에 밤을 새워 버렸다.

이현이 그만큼 고수이기 때문이다. 감각이 밝다. 그것도 아주. 그리 멀리 떨어져 있지 않은 사도련주의 침실에서부터 들려오는 소리를 전부 들을 수 있을 만큼.

사도련주의 침실은 새벽까지 불타올랐으니, 잠을 잘 수 있을 리 없다.

물론, 기막을 펼치거나 청각을 둔화시키거나 하는 방법도 있긴 있다.

하지만 사람의 마음이 그게 아니다.

들려오는 소리를 차단하면 아쉽고, 그렇다고 듣자니 괴로운 것이다.

다혈질에 욕구와 본능에 충실한 이현이었으니 더더욱 그러했다.

하지만 안심하긴 일렀다.

극도로 발달한 이현의 귓가로 또다시 사도련주의 침실에

서부터 소리가 들려오기 시작했다.

"저것들은 지치지도 않나!"

밤새 뜻하지 않은 번뇌로 몸서리쳤지만, 이제는 지겹기까지 하다

이현은 휙 하고 고개를 돌려 버렸다.

"응? 뭐가? 뭐가 안 지치는데?"

"애들은 몰라도 된다."

이현의 말들을 이해하지 못하는 청화가 쏟아 내는 질문을 깔끔하게 무시하고 걸음을 옮겼다.

"응? 어디가?"

청화가 물었다.

"스승 보러."

이현이 답했다.

＊　　　＊　　　＊

시간은 잘도 흘러갔다.

사도련주의 입가에 미소가 걸리는 횟수도 빠르게 늘어갔다. 환골탈태 이후 아내의 입가에 머문 웃음도 더욱 짙어졌다.

예전의 그 모습으로 돌아온 아내의 모습을 볼 때마다 지

금도 꿈을 꾸는 것만 같다.

시간이 이대로 멈추어 버렸으면 하고 기원할 때도 있었다.

"아이 예뻐라!"

"헤헷! 언니한텐 우리 엄마 냄새가 나요."

청화를 끌어안고 미소 짓는 부인과, 그런 부인의 품에 묻혀 얼굴을 비비는 청화의 모습이 정답다.

"이리 오렴. 머리 묶어 줄게."

"우와! 정말요?"

부인과 청화는 잘 어울렸다.

첫 만남부터 그랬지만, 언제나 보면 볼수록 친딸과 친어미를 보는 듯 정답기만 하다.

부인에게 머리칼을 내맡긴 채 콧노래를 부르는 청화의 모습이나, 아미에 주름이 잡히도록 집중한 표정으로 청화의 머리를 정성스럽게 묶어 주는 풍경은 그저 바라보는 것만으로도 가슴이 따뜻해졌다.

사도련주는 그 모습을 두 눈에 담으면서도 신던 신발을 마저 신었다.

그리고.

"잠시 다녀오겠소이다."

외출을 시작했다.

외출을 나선 이후 곧장 길을 잡고 걸었다. 산길을 걸어 올라야만 했지만, 산이 그리 가파르고 험하지 않은지라 걷는 데 어려움은 없었다.

그렇게 반 각의 시간 정도가 지나자 목적지에 도착할 수 있었다.

처음으로 와 본 곳이다.

목적지에 도착한 사도련주의 눈에 가장 먼저 들어온 것은 솟아난 봉분이다.

봉분은 적당하다는 표현이 어울렸다. 너무 크지도 너무 작지도 않았고, 병풍처럼 주위를 둘러싼 나무는 너무 많지도 적지도 않아 자연스럽게 모진 바람을 막아 주면서도, 항시 바람이 순환하도록 되어 있었다. 봉분 위로 내려앉은 햇살마저도 강렬하지도 어둡지도 않게 딱 적당했다.

그리고.

"네가 여긴 어떻게 알고 왔냐?"

그곳에 이현이 있었다.

봉분에 기대어 눕듯 앉아 있던 이현은 그의 등장이 의아한 눈치였다.

사도련주는 웃었다.

"여기가 아니면 달리 갈 곳이 있겠소?"

"뭐, 하긴."

이현도 고개를 끄덕였다.

청수진인의 장례가 끝난 후로 이현은 대부분의 시간을 이곳에서 보내고 있었다. 지금 이현이 기대어 앉은 봉분이 청수진인이 잠든 무덤이다.

"그런데? 여긴 무슨 일로 왔지?"

"인사를 하고 싶어 왔소."

"인사? 그건 사도련에서 하면 되잖아. 뭐 하러 귀찮게 여기까지 기어 올라왔어?"

"그대가 아니오."

사도련주는 고개를 좌우로 젓고는 이내 걸음을 옮겼다. 뒤이어 봉분 앞에 서서 허리를 깊이 숙인다.

"사도련주 설무린이라 합니다. 귀하의 제자분께 큰 은혜를 입어 이에 감사 인사 올리고자 찾아뵈었습니다."

진심을 담아 예를 취했다.

이현에게 감사하다는 말은 이미 수없이 했다. 하지만 그를 키워 준 스승인 청수진인에게는 처음으로 하는 감사 인사다. 더욱이, 부인을 치료하는 데 쓰인 태청단의 원래 주인이 청수진인이었음을 이현에게 들어 알고 있지 않은가.

이렇게나마 감사한 마음을 전하고 싶었다.

"지랄! 재주는 내가 부렸는데, 인사는 스승이 받냐?"

"허헛! 그렇게 되는 것이오?"

괜한 이현의 핀잔에도 그냥 웃어넘겼다.

"가려면 가고 아니면 앉아. 올려다보기 짜증 나니까."

"그럼 잠시 앉아 있다 가겠소."

사도련주는 이현과 나란히 앉았다. 감히 봉분에 등을 기대지는 못했지만, 그래도 나쁘진 않았다.

자리를 잡고 앉자 훤히 트인 전경이 눈앞에 펼쳐졌다.

"……"

이후 사도련주는 입을 열지 않았다. 그건 이현 또한 마찬가지다.

그렇게 얼마간의 침묵이 흘렀을까.

문득 이현이 먼저 말문을 열었다.

"그래도 다행이다. 네 부인이 있어서."

"부인이 있어서 다행이라니? 무엇이 말이오?"

밑도 끝도 없이 튀어나오는 말이 무슨 뜻인지 알 리 없다.

다행히 이현은 그런 의문을 풀어 주었다.

"그 쥐똥 같은 년. 요즘은 네 부인이랑 어울린다고 좀 덜한 모양이야."

그러고는 턱짓으로 봉분을 가리켰다.

"이 인간 죽고 난 뒤로 상태가 영 아니었거든. 겉으로는 헤헤거리고 돌아다녔지만, 걔가 그 정도로 생각 없는 년은 아니거든. 그래도 무당파에서는 가장 많은 시간을 보낸 제 사형인데 괜찮을 리가 없지."

그 말에 이제야 무슨 말을 하고자 하는지 그 의미를 짐작할 수 있었다.

"아! 선자 말이오?"

"선자는 개뿔. 아니지. 걔는 파문당했다는 말이 없으니 뭐, 그렇게 불러도 되려나? 아무튼 간에 맞아. 네 부인이 잘 챙겨 줘서 이젠 웃는 게 예전 같더라. 그 전까지만 영 못 봐주겠더니."

"허허. 그건 오히려 이쪽이 감사해야 할 일이오. 선자 덕분에 내자의 웃음이 더 늘었소. 두 사람이 어울리는 것을 보고 있으면 괜히 나까지 훈훈해지는 것 같더이다."

웃으며 대답했다.

그 또한 거짓이 아니다.

그러면서 한편으로는 사도련주는 놀란 마음을 감추고 있었다.

이현 때문이다.

툭툭 대수롭지 않게 내뱉는 말이지만, 내심 청화를 걱정하고 있었음이 고스란히 드러나는 말이다.

안하무인에 수틀리면 막무가내로 힘을 앞세워 다 뒤집어 엎어 버리는 인간인 줄로만 알았는데 의외의 모습이다.

그것이 전부가 아니다.

"……."

입을 꾹 닫고 봉분을 기댄 채 먼 곳을 바라보는 이현의 모습.

그 모습조차 생경하게 다가왔다. 아니, 오히려 어딘가 모르게 익숙하게 다가온다.

"흠……!"

옅은 침음을 삼켰다.

그리고.

"또 오겠소이다."

또 오겠다는 말과 함께 자리에서 일어나 산을 내려갔다.

그리고 그 후. 또 오겠다던 사도련주의 말은 그저 인사치레가 아니었다는 것을 확인할 수 있었다.

"술 한잔 하시겠소?"

하루는 술을 들고 찾아왔다.

"너 술 안 마시지 않아?"

이현이 기억하기로는 단 한 번도 술을 마시는 모습을 보인 적 없는 사도련주다.

그런 사도련주가 직접 이 무덤까지 술을 들고 왔다는 것이 쉬 이해가 가질 않는다.

하지만 사도련주는 오히려 씩 웃음을 지었다.

"설마, 술 한잔도 안 하겠소이까. 술 동무 해 줄 정도는 되니 걱정 마시오. 자! 한잔 하십시다."

자신만만하게 술잔을 내민다.

그렇게 술을 마셨다.

그리고 그 날.

"아우! 이 진상! 이럴 거면 처음부터 마시질 말라고!"

이현은 청주 두 잔에 뻗어 버린 사도련주를 업고 산을 내려와야 했다.

이후로도 사도련주는 발길을 멈추지 않았다.

처음에는 종종이었으나 어느 순간 자주가 되고, 이제는 거의 매일이다.

이젠 이현도 사도련주가 찾아오는 것이 익숙해졌다.

여전히 딱히 무언가를 하는 건 아니다.

대중도 없다.

어떨 때는 그냥 아무 말 없이 앉아만 있다가 가기도 하고, 또 어떨 때는 별 시답지 않은 이야기를 주고받기도 했다.

또 하루는 그의 부인이 만든 음식을 가지고 오기도 했다. 사도련주의 부인이 만들었다는 음식은 동파육이라 했지만,

그것을 건네는 사도련주의 얼굴은 어색하기만 했다.

그도 그럴 것이.

"헙헙! 부, 부인이 요리에서만큼은 진취적이라오."

"이건 진취를 넘어섰는데? 솔직히 말해. 독살 계획이냐?"

분명 동파육이라고 건넨 그것은 전혀 동파육답지가 않았다.

돼지고기는 그 형체도 찾아보기 힘들었고, 그 색조차 밝은 녹색이다. 아니, 그늘에 비쳐 보니 어두운 가운데에도 연녹색으로 형형히 빛나는 것이 절대 사람이 먹을 음식은 아닌 듯했다.

그렇게 시간이 흘렀다.

이현은 여전히 청수진인의 봉분을 찾았고, 사도련주도 거의 매일 찾아왔다.

청수진인의 장례가 끝나고 묘에 모신 지 한 달이 다 되어 갈 때쯤이다.

"또 왔냐?"

사도련주는 이번에도 거르지 않고 찾아왔다.

그런데 어째 얼굴이 이상하다.

히쭉히쭉거리는 것이 터져 나오는 웃음을 억지로 참는 기색이 역력했다.

"요즘 강호에서 그댈 무어라 부르는지 아시오?"

그러고는 밑도 끝도 없이 툭 하고 질문부터 던졌다.

이현은 대수롭지 않게 답했다.

이미 예전부터 알고 있었으니까.

"아! 무당신마? 이제 좀 제대로 된 별호가 생긴 것 같긴 하지. 뭐니 뭐니 해도 별호는 세 보이고 성격 더러워 보여야 지. 안 그러면 별 시답잖은 것들이 주제도 모르고 깝쳐. 난 마음에 들어!"

무당신마라는 별호는 혈천신마라는 별호 이후로 가장 마음에 들어 한 별호였다.

그러니 뭐 대수로울 것도 없다.

하지만.

"물론 그리 불리기도 하오. 하지만 그댈 부르는 다른 별호도 있소이다."

"뭔데?"

새로운 별호가 있다니 절로 궁금증이 생겼다.

'이왕이면 무당신마보단 더 세 보였으면 좋겠는데 말이야……'

내심 기대했다.

사도련으로 넘어오면서 앞을 막아서던 정파의 무사들을 무수히 베어 넘겼다. 그러니 새로운 별호가 생겼다면 지금보다 더 강해 보이는 별호일 것이라 짐작했다.

'예를 들면 아수라신마(阿修羅神魔)라던가…….'

하지만.

"삼적왕."

"응?"

"사람들이 그댈 삼적왕이라 부르기도 한단 말이오."

돌아온 사도련주의 대답은 기대를 산산이 부서트려 버렸다.

"젠장! 산적왕도 아니고 삼적왕은 또 뭐야! 왜! 아예 삼돌이라고 하지!"

뭐 이딴 허접한 별호가 다 있나 싶다. 하필이면 왜 그딴 별호가 붙었는지도 모르겠다.

"핫! 하하하하! 너무 그리 기분 나빠 하지 마시오. 알고 보면 그리 나쁜 별호는 아니오."

"그럼 넌 왜 웃고 자빠졌는데!"

억눌렀던 웃음을 참지 못하고 파안대소를 터트리는 주제에 기분 나빠 하지 말라니.

사도련주의 웃음이 더 기분 나쁘다.

"무림의 역사상 처음으로 산적과, 마적, 그리고 수적 이렇게 삼적을 발아래 무릎 꿇렸다고 삼적왕이라 부르는 모양이오. 뭐…… 그 별호도 곧 바뀔 것 같소만."

딴엔 기분을 풀라고 하는 설명이겠지만, 전혀 기분이 풀리지 않았다. 곧 삼적왕이란 바뀔 것이라고 하지만 그것도 그다지 기대되는 건 아니다.

"뭐? 바뀌어? 삼적왕이 바뀌어 봤자 사적왕밖에 더 되겠냐?"

그래서 입에 나오는 대로 소리쳤다.

헌데.

"어? 어찌 아셨소?"

사도련주의 눈이 놀란 토끼 눈이 되어 버렸다.

"사적왕 말이오. 그대 별호가 곧 그렇게 바뀔 것을 말이오. 혹 수하에게 미리 언질이라도 받은 것이오?"

"……."

놀란 사도련주와 반대로 이현은 입을 꾹 다물어 버렸다.

삼적왕도 모자라 사적왕이라니.

아무리 다다익선이라지만, 삼적에서 사적 됐다고 좋아하기에는 모양 빠진다. 아니, 어감 자체가 삼적이나 사적이나 허접하긴 똑같다.

이번엔 억울했다.

"왜! 내가 대체 뭘 했다고 사적왕이야!"

산적 마적 수적이야 직접 나서 무릎 꿇렸으니 짜증은 나지만, 그렇다고 억울하진 않았다. 하지만, 이젠 한동안 잠자코 지내고 있지 않은가.

사고 하나 안 치고 조용히 지내는데 뜬금없이 왜 사적왕이란 별호가 붙을 것이란 건지 전혀 납득할 수가 없었다.

그런 이현의 짜증에 사도련주는 친절한 설명을 덧붙였다.

"수적, 마적, 산적 이리하여 삼적이오. 허면, 남은 것은 무엇이겠소?"

"초, 초적? 아니면 도적? 아니, 아니지. 초적이나 도적이나 원래 산적과 같은 취급 했으니까…… 그, 그럼? ……해적? 설마 해적은 아니지? 난 걔네 안 건드렸다고! 얼굴 본 적도 없어!"

부정했다.

아무리 기억을 더듬고 헤집어 봐도 해적을 건드린 일은 장담하건대 단 한 번도 없었다. 아니, 바다 구경도 못 해 봤다.

그러니 해적 때문에 사적왕이라 불릴 일은 전혀 없을 것이다.

"맞소. 해적. 귀하의 적조의혈단이 지금쯤 해적 정벌을 끝내고 있을 것이오."

하지만 기어이 사도련주의 입에서 나온 사적의 마지막 조각은 해적이었다. 심지어 이현도 모르는 사이에 정벌이 끝나 가고 있다는 소식이었다.

"싫어! 아니 혈천신마! 무당신마! 아수라신마! 좋은 별호 많잖아! 왜 하고 많은 것 중에 사적왕인데! 아니, 그보다 이것들은 왜 시키지도 않은 짓을 하고 지랄이야!"

소리쳤다.

졸지에 사적왕이란 허접한 별호로 불리게 생겼다. 그것도 그는 전혀 모르던 사이에 일어난 일 때문에!

"싫어! 사적왕이 뭐야! 사적왕이! 쪽팔려서 어떻게 다니라고!"

그렇게 한동안 이현의 절규가 울려 퍼졌다.

"사적왕이라니!"

그리고 이현이 절규하던 그 시각.

펑! 펑펑펑!

바다 위에 진을 친 함선에서는 쉴 새 없이 섬을 향해 함포를 쏘아 댔다.

그런데 그 진이 이상하다.

함포를 쏘아 대는 배를 중심으로 좌우로 쾌속선이 하나씩 붙어 쇠사슬로 고정되어 있다.

"이걸로 목숨 빚은 다 갚았어요."

그 모습에.

후미에 자리 잡은 기함 갑판에 서 있던 초희의 말에 옥분이 고개를 끄덕였다.

"물론입니다. 감사합니다. 덕분이 일이 수월하게 풀렸습니다. 이제 곧 들어가면 끝이겠군요."

지금 공격 하고 있는 섬의 주인은 바다 위에서 가장 강력한 영향력을 가지고 있다는 해랑채의 본거지인 두화도였다.

"전열을 갖추어라! 신호가 떨어지면 즉시 닻을 올려라! 이번에야말로 우리 용궁채의 용맹을 보여주자꾸나!"

"절대 용궁채 놈들에게 뒤처져서는 안 된다! 조타수는 정신 똑바로 차리거라!"

물론, 그 전에 주위에 접수할 만한 해적들은 이미 모두 접수한 상태다.

그리고 이미 적조의혈단이 경험했던 그대로 동족상잔의 비극의 선봉에 세웠다.

사실상 해랑채만 접수하면 해적 토벌은 끝이 나는 셈이다.

불과 한 달 만에 이루어 낸 성과라고 하기에는 믿기 어려울 만큼 눈부신 성과다.

아무리 최근 수십 년간 왜구들에 의해 해적들의 세가 약해졌다고 해도 이는 변하지 않는 사실이다.

거기에는 초희의 수룡채가 가진 함포가 결정적인 역할을

했다.

수룡채의 기함을 옮겨 오진 못했지만, 초희의 도움으로 함포는 사용할 수 있었다.

지금 함포를 쏘아 대는 배를 중심으로 각각 좌우로 한 척씩 쾌속함을 묶어 둔 것도 모두 그 때문이다. 강력한 위력을 발휘하는 함포이니만큼, 물 위에서 그 반발력을 감당하기 위해서는 이러한 고육지책이 필요했다.

그 덕분에 이런 혁혁한 성과를 이룩할 수 있었던 것이고.

그사이.

펄럭!

총공격을 뜻하는 붉은 깃발이 올라갔다.

"와아아아아아!"

동시에 백여 척이 훌쩍 넘는 함선이 두화도를 향해 성난 말처럼 내달리기 시작했다.

뒤에 남아 그 모습을 지켜보던 옥분의 입가에 만족스러운 웃음이 걸렸다.

"이제 사도련에서는 눈칫밥 먹을 필요는 없겠군요."

무림맹에서 눈칫밥 좀 먹어 본 적조의혈단이다.

이번 해적 토벌은 그래서 시작된 것이다. 해적을 토벌하여 휘하에 두고 주기적인 자금줄과 독립적인 세력을 구성한다. 그리하여 누구도 사도련 내에서도 적조의혈단을 가볍게 보지 못하게 만들게 한다는 것이 이번 해적 토벌의 기본 목적이었다.

그래서 누가 시킨 것도 아닌데 적극적으로 이번 일을 추진한 것이다.

그렇게 그 날 오후.

알아서도 잘하는 착한 적조의혈단은 바다를 평정함으로써 기어이 이현에게 사적왕이라는 새로운 별호를 선물하는 데 성공했다.

*　　*　　*

사적왕이 되었다.

"싫어! 그딴 허접한 별호로 부르는 놈 있으면, 내가 모가지를 확 따 버린다!"

처음 며칠 동안 이현은 자신에게 들이닥친 현실에 거칠게 반항했다.

"……젠장할!"

하지만 그것도 며칠 뒤까지다.

어느 정도 진정기에 접어들자 이현의 얼마 되지 않은 장점이 빛을 발휘했다.

현실 적응 능력이다.

무당파와 혜광의 밑에서 본의 아니게 부여받고 향상된 현실 적응 능력은 이번에 확실히 그 효과를 발휘했다.

어차피 사람들이 그렇게 부른다는데 무슨 수로 막겠는가. 무당파와 간저패가 총동원되어도 막지 못했던 것이 사람들이 청수진인을 태극검황이라 부르던 것이었으니까.

그러니 이제 어쩔 수 없는 일이다

물론.

"내 앞에서만 부르지 마! 뒤에서 사적왕이라고 하든 말든 상관없는데 내 앞에서는 부르지 마! 부르기만 해 봐! 대가리를 확 쪼개 버릴 테니까!"

눈앞에서 사적왕이라는 허접한 별호를 입에 담는 놈이 있다면 절대 용서해 줄 용의는 없었지만 말이다.

그 사이 어느덧 시간은 청수진인의 장례를 지내고 묘에 모신 지 사십구 일이 되었다.

이현은 오늘도 청수진인의 묘소를 찾았다.

그리고 역시나 사도련주도 그의 묘소를 찾았다.

"……이번이 끝이다."

이현과 나란히 앉아 산 아래 펼쳐진 광경을 멍하니 바라보던 사도련주의 고개가 돌아갔다.

갑작스럽게 툭 내뱉은 말이었지만, 사도련주는 그 뜻을

충분히 짐작하고 있었다.

"사십구재였소?"

"뭐, 나름 그런 셈이지. 사실 도가의 장례 절차는 나도 잘 몰라."

"자랑은 아닌 것 같소만……."

"마음이 중요한 거지 마음이!"

"뭐, 그 말에는 동조하는 바요."

고개를 끄덕이는 사도련주. 이현은 그런 사도련주를 가만히 바라보다 이내 다시 고개를 돌려 정면을 향했다.

그러나 아직 이현의 말이 끝난 건 아니었다.

"너 주제넘었다."

"무엇이 말이오?"

"예전 성격 같았으면 진즉 죽였어. 불쌍해 보이디?"

이현도 나름 사도련주가 이렇게 찾아오는 이유를 짐작하고 있었던 듯했다.

그러나 사도련주는 고개를 저었다.

"불쌍해 보이진 않았소."

"구라는!"

"진심이오. 그저 고독해 보였을 뿐이오."

"염병! 그게 그 말이지!"

"아니오. 전혀 다르오!"

사도련주는 고개를 저었다.

처음 청수진인의 묘소를 찾았을 때는 그저 감사한 마음을 전하기 위해서였다.

그런데 이곳에서 이현의 의외의 면모를 보았다.

티 내지 않았지만 청화를 걱정하던 모습.

그리고.

"아무 말도 하지 않고 그렇게 앉아 모습이 고독해 보였소. 아니, 나와 닮아 있다고 느꼈다는 말이 맞을지도 모르오."

"닮아? 왜? 내가 네 스승 죽였을 때 너도 이랬냐? 이참에 스승 복수라도 하시지 그러느냐?"

"아니, 스승이 죽었을 때는 별 감흥이 없었소. 오히려 후련했지. 가장 불안했던 부분이었으니까."

"그러면?"

"나 때문에 부인이 다쳤을 때. 그 아름다운 두 눈을 잃고, 걸음마저 걷지 못해 생기를 잃고 시들어 가던 모습을 지켜봐야 했을 때. 그러면서도 그녀의 입에서는 오히려 미안하다는 말이 나왔을 때. 그때 내 모습과 묘소에 앉아 있던 그대의 모습이 닮았다 느꼈소."

사도련주의 입가에 쓴웃음이 머물렀다.

부인의 앞에서는 아무렇지 않은 척하려 애썼다. 하지만 그녀의 감은 눈과 야윈 다리를 볼 때마다, 그녀의 입에서 미안하다는 말이 나올 때마다 가슴이 무너져 내렸다.

가슴에 큰 바람구멍이 나서 휑하고 바람이 허무하게 지나가 버리는 것만 같았다.

그리고 그가 이현에게서 느낀 것 또한 그것과 다를 바 없었다.

굳이 표현하려는 말을 찾으니 고독이라 하였지만, 사실 그건 고독이 아니라는 것도 알고 있다. 그보다 복잡하고 진득하다. 또한 은밀하게 숨어 있다가 때때로 불쑥불쑥 치밀고는 한다.

그래서 곁에 있었다.

그의 곁에 흑풍과 부인이 있듯이, 이현의 곁에 그가 있었다.

"도움이 되었는지는 모르겠소."

"전혀. 하나도. 그리고 달라 임마! 너는 사랑놀이이고! 이게 어디다 대고 비교해?"

"그럼 그댄 무엇이오?"

"……그걸 알면 내가 이러고 있겠냐?"

"하하! 그도 그렇소. 허면 이제 어쩔 거요?"

이현의 대답에 사도련주는 웃음으로 답하며 다시 질문을 던졌다.

장례를 치르는 동안, 거기에 다시 사십구 일을 더 조용히 지낸 이현이다.

　그러니 이제 뭔가 사고를 칠 때가 되긴 됐다.

　"뭐하긴, 뒤엎어야지. 뭐, 그 전에 시험해 볼 것도 있고."

　"시험?"

　"그럼? 내가 사십구 일 동안 그냥 궁상만 떤 줄 알아? 나 같은 천재가 사십구 일이나 투자했으니 한번 시험해 봐야 할 것 아니야! 왜? 보여 줄까?"

　이현이 물음에 사도련주의 두 눈엔 의구심이 가득 차올랐다.

　이현은 그런 사도련주의 의문을 친절하게 풀어 주었다.

　"예를 들면 이런 것?"

　"그건 그저 손가락만……!"

　손가락만 까딱거린다. 비범한 기운이 느껴지지도 않고, 하다못해 손가락 끝에 기운이 유형화되지도 않았다.

　하지만 사도련주는 이내 말을 멈출 수밖에 없었다.

　얼굴이 심각해졌다.

　"그게…… 무엇이오?"

　"뭔 거 같아?"

　"모르겠소. 전혀!"

　이현의 반문에 솔직하게 고개를 내저었다.

　그저 손가락만 까딱거리는 것일 뿐이다. 그건 애들도 하는 일이다.

그런데 이상하다.

그저 손가락만 까딱거리고 있을 뿐인데, 심지어 그 손가락조차 이쪽을 향하지 않고 있었는데.

'무엇이란 말인가! 이 압박감은!'

손가락이 까딱거리는 횟수가 늘어날수록 점점 등 뒤로 식은땀이 흘러내렸다. 한겨울에 찬물을 뒤집어쓴 것처럼 오한이 밀려든다.

마치 생사 대적을 마주 하고 있는 것만 같은 기분.

그런데도 이상한 것은 정작 지금도 까딱거리고 있는 이현의 손가락에서는 아무것도 느껴지지 않는다는 것이다.

"어차피 한 끗 차라면 간결해지면 좋지. 그것도 한 끗 차니까."

"……."

사도련주는 침묵했다.

여전히 이현이 하는 말뜻을 알아듣기 어려웠다.

"그럼 그걸 시험하려 한단 말이오?"

"몸에 익었으니 해 봐야지."

"누구에게?"

거듭 질문을 던진다.

전혀 짐작도 하지 못한 이현의 움직임.

그것을 대체 누구에게 시험하고자 한다는 것인지 궁금했다.

하지만 사도련주와의 대화는 그것으로 끝이다.

이현은 그런 사도련주의 얼굴도 보지 않고 제 할 말만 했다.

"가라. 난 좀 뒤에 갈련다."

축객령이다.

의문은 여전히 남아 있었지만, 사도련주는 그의 의사를 존중했다.

"그럼 난 이만 가 보겠소."

그렇게 미련 없이 몸을 돌려 산을 내려갔다.

그리고 한참 뒤에서야.

이현은 엉덩이를 털고 자리에서 일어났다.

청수진인이 묻힌 묘소를 바라본다.

"그동안 쥐똥 그년 안 데려왔다고 섭섭해 마십시오. 그년 오고 싶다는 거 떼어 내느라 아주 짜증 나 죽는 줄 알았습니다. 괜히 상기시킬 필욘 없잖습니까."

이현은 사십구 일 동안 단 한 번도 청화를 데려오지 않았었다.

아이는 여리다. 아직 여물지 못해 나약하고 쉽게 상처받고 깊게 상처받는다. 하지만, 그렇기에 더욱 쉽게 치유된다.

사도련주의 부인이 곁에서 청화의 상처를 보듬어 주는데 군이 데려와서 다시금 상처를 상기시키게 하긴 싫었다.

"괜히 데려왔다가 그년 지랄하면 내가 짜증납니다. 그러니 이해하십시오."

묘소를 보며 하고 싶은 말들을 줄줄이 늘어놓았다.

어차피 대답이 돌아오지 않을 거란 건 안다. 그게 가능하면 진짜 도사 하나 잡아다가 퇴마식이라도 치러야 한다.

"저도 오늘이 마지막입니다. 다음엔 안 올 거예요. 귀찮습니다. 심심하고! 그러니 그것도 섭하다 마십시오."

미운 정 때문에 지금껏 있었지만 이 이상은 아니다.

"죽은 사람은 죽은 사람이고, 산 사람은 살아야 하지 않겠습니까! 아! 인간적으로 이쯤 했으면 많이 한 거지! 안 그렇습니까?"

할 만큼 했으니 더는 붙잡을 이유도 없다.

그렇게 혼자 말하고 혼자 성질을 부려 댔더니 그래도 좀 진정되는 것 같다.

"……."

이현은 한참 동안이나 말없이 청수진인의 묘소를 응시했다.

그리고.

"고…… 아 염병할!"

한참 만에 다시 힘겹게 입을 열고서도 차마 말을 제대로 하지 못하고 주워 담았다.

머리를 벅벅 긁었다.

한평생 짐승같이 살았다. 이별과 죽음은 그림자처럼 익숙했고, 때문에 그로 인해 아파할 일도 괴로워할 일도 없었다.

그렇게 야율한으로 살아온 세월이 이현의 몸으로 살아온 세월보다 훨씬 많다. 비교하는 것 자체가 말도 안 되는 일이다.

한데 아주 먼 훗날에 기억을 돌이켜 봤을 때 가장 많이 기억나는 건 지금 현재 이현으로서 사는 세월일 것 같았다.

혈천신마 때 기억나는 거라고는 누굴 죽였는지, 어디서 죽였는지가 전부였으니까. 사실 그마저도 희미하다.

"그…… 나도 고맙수다."

그래서 결국 말했다.

이 말을 하려고 사십구 일을 헤맸다.

청수진인이 고맙다고 했던 것처럼, 그 또한 사실 고마웠다.

이현으로 산 짧은 몇 년의 순간순간에 청수진인이 있었으니까.

이제 정말 끝이다.

미련 없이 발길을 돌려 산을 내려갔다.

그러나 이현의 걸음이 향한 곳은 평소와 같은 사도련이
아니었다.

第九章

　정도 무림의 중추이자, 안휘 무림의 맹주인 남궁세가는 스스로 검왕가라 부를 만큼 자존심이 높기로 유명했다.

　최근 검왕이 이현의 손에 죽음을 당한 이후에도 그 자존심은 변함이 없었다.

　아니, 오히려 그렇기에 더욱더 자존심을 강하게 지켜 내야 했다.

　검왕의 죽음으로 자존심을 꺾는다면 그건 곧 남궁세가의 위기를 스스로 인정하는 꼴이기 때문이다.

　위기를 인정하면 안휘 무림의 맹주라는 자리도, 정도무림의 중추라는 평가도 흔들릴 수밖에 없는 것이다.

그렇게 자존심을 굽히지 않는 남궁세가가 가장 신경 쓰는 것이 있다면 바로 문지기다.

남궁세가의 정문을 지키는 문지기는 일차적으로 남궁세가를 공격하는 적도를 막아 세울 방패인 동시에, 세가를 찾아온 손님이 가장 먼저 접하는 얼굴이기도 했다.

그러니 문지기를 허투루 뽑을 수 없다.

오로지 세가의 피를 이은 직계와 방계 중에서만 선별한다. 일신의 무위 또한 절대 적정 수준을 넘지 못하면 안 되고, 키가 너무 작거나 커도 안 된다. 외모 또한 출중하고 단정해야 하며, 얼굴에 상처가 있어서도 안 된다.

이처럼 엄격한 기준을 통해 선발된 문지기이니만큼 세가에서도 그 위치는 결코 낮지 않다. 비록 외당에 속하지만 문지기 하나하나가 대주와 같은 대우를 받는다. 명칭 또한 단순히 문지기가 아닌 창무위(蒼武衛)라 칭했다.

"음……!"

그런 엄격한 선발 기준을 통과해 창무위가 된 남궁선건의 입에선 옅은 신음이 흘러나왔다.

저 앞에서 걸어오는 사내 때문이다.

딱히 특별할 것은 없다. 허리춤에 매달려 달랑거리는 검도, 온통 검은색 일색인 무복도, 깊게 눌러써 얼굴을 분간하기 어렵게 만드는 죽립도 특별할 것이 없다.

강호에선 흔히 볼 수 있는 행색이다. 멋모르는 초출 무사도, 닳고 닳은 낭인 무사도, 이름 꽤나 알려진 유명 무사도 애용하는 복장이다. 그러니 평범하다.

다만, 남궁선건이 창무위라는 것이 문제다.

남궁세가를 찾아온 손님을 대접하고 안내해야 하는 그의 입장에서는 이렇게 특색 없는 복장을 하고 찾아오는 손님만큼 까다로운 손님도 없다.

무작정 설설 기었다가 상대가 별 볼 일 없는 초출 무사라면 검왕가의 자존심이 상하는 일이고, 그렇다고 함부로 대했는데 상대가 유명 무사였다면 그건 또 그것대로 문제였다.

그러니 신음을 흘릴 수밖에.

남궁선건이 상대의 신분을 짐작하기 위해 골머리를 앓는 사이.

흑의 무인은 휘적거리는 걸음으로 어느덧 코앞까지 다가와 물었다.

"오랜만이라 긴가민가하군. 여기가 남궁세가 맞나?"

처음 듣는 목소리다.

그것만큼은 확실했다. 하지만 상대는 오랜만에 남궁세가를 찾았다고 했다. 그렇다면 적어도 남궁선건이 창무위가 되기 전에 남궁세가를 찾았던 손님일 것이다.

남궁선건의 태도는 한층 조심스러워졌다.

적어도 초출 무사는 아닌 것이 확실해졌으니까.

"귀하의 존성대명을 여쭈어도 되겠습니까?"

조심스럽게 상대의 이름을 물었다.

이제 그의 입에서 나온 이름이 무엇이냐에 따라 대접 또한 달라질 것이다.

그러나.

"……."

상대는 대답이 없었다.

'왜 대답은 하지 않고 고개를…….'

대답 대신 고개를 들어 한 곳을 바라본다. 의문을 가진 남궁선건의 시선 또한 그의 시선을 좇았다.

그의 시선은 세가의 정문 위에 걸린 남궁세가의 현판을 향하고 있었다.

"맞네! 남궁세가!"

그리고.

펑!

동시에 남궁선건의 머리가 정문에 틀어박혔다.

어느 틈에 상대의 손이 그의 얼굴을 움켜쥐고 틀어박아 버린 것이다.

'……흡!'

갑작스러운 공격.

미처 대응할 틈도 없이 당해 버린 남궁선건은 눈을 부릅떴다.

의식이 아득해져 온다.

"……너, 너는!"

하지만, 그보다 놀란 것은 눌러쓴 죽립 사이로 드러난 상대의 얼굴이었다.

하지만 남궁선건은 끝까지 말을 잇지 못했다.

텅!

남궁세가의 현판이 떨어져 내림과 동시에 그의 머리가 터져 나갔기 때문이다.

*   *   *

갑작스러운 침입.

남궁세가는 비상 태세에 돌입했다. 시끄럽게 적의 침입을 알리는 경종이 울리고, 세가 곳곳에 흩어져 본인의 업무에 열중하던 무사들이 집결하기 시작했다.

"허……!"

남궁세가의 원로원주인 남궁성웅은 작금의 상황에 헛웃음을 흘려야만 했다.

'본 가가 오늘 단단히 무시받고 있구나!'

눈앞에 침입자가 있다.

온통 검은 흑의 무복을 차려입고, 커다란 죽립을 푹 눌러쓴 채로, 세가의 정중앙 호숫가를 둘러싼 바위 위에 엉덩이를 걸치고, 뽑아 든 검은 바닥에 꽂아 둔 채로 그냥 그렇게 있다.

제집 안방처럼 편안한 모습이다. 당연히 남궁세가와, 그의 주위를 둘러싼 무사들은 안중에도 없는 모습이다.

그보다 더 황당한 것은.

그런 침입자를 눈앞에 두고도 누구 하나 선뜻 나서 검을 겨누는 이가 없다는 것이다. 검을 겨누기는커녕 그가 누구인지, 무슨 목적으로 남궁세가를 찾은 것인지조차 파악하지 못하고 있다.

그러니 헛웃음이 새어 나올 수밖에.

"오셨습니까. 작은 할아버님."

그런 남궁성우의 곁에 다가오는 이가 있었다.

"아! 대공자."

죽은 남궁성왕의 큰손자인 남궁형위다.

무림맹에서의 불미스러운 일 이후 요양차 본가로 돌아와 머물던 남궁형위 또한 소란을 듣고 찾아온 모양이다.

그리고 보니 저편에 남궁창위와 남궁방위의 모습도 보인다.

그래도 남궁형위의 든든한 모습에 남궁성웅의 입가에도 웃음이 번졌다.

"아무래도 저라도 나서야겠군요."

남궁형위 또한 작금의 상황이 마음에 들지 않는지, 스스로 나서길 자청했다.

하지만.

"아니, 일단은 가만히 내버려 두는 것도 좋을 듯합니다."

남궁성웅은 고개를 저었다.

사사로이는 형제인 남궁성왕의 손자이나, 공적으로는 세가의 뒤를 이을 대공자다.

비록 원로원주라는 자리가 그보다 아래는 아니었지만, 항시 서로를 향한 존중은 잃지 말아야 하는 사이다.

남궁성웅은 남궁형위를 향해 자신의 의견을 내놓았다.

"일이 이미 이렇게 된 마당입니다. 여기서 더 시끄러워져서 좋을 것이 무엇이겠습니까. 차라리 조금 더 기다렸다가 한 번에 처리하는 편이 낫지 않겠습니까."

"아! 그도 그렇습니다. 예. 작은 할아버님의 말씀을 따르겠습니다."

남궁형위가 물러섰다.

남궁성웅은 자신의 의견을 존중해 준 남궁형위를 향해 작게 고개를 숙여 감사의 뜻을 전한 뒤 곧장 시선을 돌렸다.

침입자는 여전히 아무런 행동도 보이지 않았다.

그사이 세가에 흩어진 남궁가의 무사들은 빠른 속도로 합류하고 있었다.

남궁성웅의 두 눈이 번뜩였다.

'언제까지 그렇게 태연할 수 있는지 보자꾸나!'

갑작스러운 침입도 모자라, 남궁세가 한복판에서 보이는 오만한 작태.

이를 보고도 그냥 넘어갈 만큼 너그러운 성정은 아니다. 그랬다면 애초 남궁성왕과 함께 남궁세가를 이처럼 거대한 세가로 키워 내지는 못했을 것이다.

그럼에도 일단은 기다릴 것을 명한 이유는.

'이왕 시작한 일이니 확실히 끝을 보아야 하지 않겠는가!'

남궁성웅은 남궁성왕의 동생이나, 그 성격은 남궁성왕과 다르다.

자존심 때문에 닭 잡는 데 소 잡는 칼은 쓰지 않으려 하는 남궁성왕과 달리, 남궁성웅은 닭 잡는 데도 소 잡는 칼을 써야 한다고 믿는 사람이다.

진정한 자존심은 적을 확실히 짓밟는 것이다. 추호의 여지나 희망 따윈 남겨 두지 않고 철저하게 짓뭉개며 그 격차를 각인시키는 것이야말로 진정한 강자의 자존심이다.

삼류 영웅담에 등장하는 악당처럼 행동하는 짓이야말로 가장 어리석은 짓이다.

그렇게 믿는 남궁성웅이기에 기다리는 것이다.

이미 남궁세가 중심으로 들어선 침입자는 이제 도망칠 곳이 없다.

그리고 곧.

'이제 곧 창군정검대와 창해진검대를 비롯한 검왕대가 도착할 것이야.'

남궁세가가 자랑하는 최강의 무사들이 도착할 것이다.

황제를 도와 북방의 오랑캐를 토벌하며 스스로 무예를 갈고닦아 온 창군정검대. 바다와 운하를 오가며 해적과 수적을 상대로 싸워 온 창천진해검대. 지금은 세상을 떠난 검왕이 직접 가르침을 내리며 성장시킨 명실공히 남궁세가의 최강의 집단이라는 검왕대까지.

그들이 이곳으로 오고 있다.

남궁성왕과 함께 안휘 무림을 온전히 남궁세가의 발아래로 두며 남궁세가를 안휘의 왕으로 만든 주력이 이 자리에 모두 모인다면, 주제를 모르는 오만한 침입자는 그때 벌하여도 늦지 않다.

그렇게 잠시의 시간이 지나고.

'모두 도착하였구나.'

남궁성웅이 기다렸던 세 개의 무사대가 그의 뒤로 합류했다.

남궁성웅의 얼굴에 자신감이 어렸다.

이젠 더 이상 기다릴 필요가 없다.

"귀하는 누구이기에 본 가를……!"

남궁성웅이 나서 먼저 말문을 열었다. 아니, 열려고 했었다.

"얼추 다 왔나?"

침입자가 중간에 먼저 자리를 일어나지 않았다면 말이다.

마치 남궁성웅이 지금을 기다렸듯, 침입자도 지금을 기다렸다는 듯한 태도다.

그리고.

"아! 나 말이야?"

그 와중에도 남궁성웅의 말은 용케 들은 모양이다.

스륵.

스스로 눌러쓴 죽립을 벗어 던지는 것을 보면 말이다.

하지만 전혀 기쁘지 않았다.

"……흠!"

남궁성웅의 입에서 신음성이 흘러나왔다.

"헙! 저, 저자는!"

"저, 저놈은!"

그뿐만이 아니다. 남궁가의 무사들의 입에서 연신 놀란 음성이 터져 나왔다.

그런 반응에 죽립을 벗어 던진 침입자의 얼굴에 시원한 웃음이 걸렸다.

"그래. 내가 바로 무당신……!"

"사적왕이다! 사적왕이 나타났다!"

침입자의 자기소개가 끝나기도 전에 남궁세가에서 소요가 일어났다.

"염병할! 그놈의 사적왕은!"

침입자는 자신의 말을 가로챈 상대에 대해 불만을 터트리긴 했지만 그뿐이다. 여전히 바닥에 박아 넣은 검은 뽑지 않았고, 공력을 일으키지도 않았다.

주륵.

그럼에도 식은땀이 흘러내렸다.

'이런! 득보다 실이 많겠구나!'

남궁세가를 찾아온 이는 무당신마 이현이다. 이미 검왕을 죽이며 남궁세가와는 철천지원수가 되어 버린 그가 제 발로 찾아왔다.

호의가 아닐 것임은 이미 그가 남궁세가를 들어서며 보인 행동으로도 충분히 짐작할 수 있다.

그보다 더 남궁성웅을 긴장케 한 것은.

'자신이 있다는 뜻이겠구나!'

이현이 홀로 남궁세가를 상대로 싸울 자신이 있기에 스스로 찾아왔을 것이기 때문이다.

물론, 남궁세가 전체가 이현이란 한 사람에게 무릎 꿇을 것이라고는 생각하지 않았다. 그런 상상을 하는 것 자체가 평생을 바쳐 일구어 온 남궁세가를 향한 모욕이다.

그러나 그 피해가 결코 작지 않을 것임은 어쩔 수 없이 인정해야만 했다.

남궁세가가 자랑하던 검왕이 죽은 마당이다. 검왕과 함께 나섰던 고수들 또한 살아 돌아오지 못한 마당이다.

지금 이현과의 싸움은 남궁세가에 하등 득 될 것이 없다.

"무당신마여. 본인은 남궁가의 원로원주 남궁성웅이라 하네. 그대가 이곳에 온 의미를 모르는 바 아니네만 악연은 이쯤에서 끝내는 것이 어떠한가!"

그래서 먼저 자세를 낮추었다.

자존심 강한 남궁성웅이었지만, 그 자존심 때문에 세가의 미래를 내버릴 수는 없다.

"워, 원로원주님!"

"모두 조용히 하거라!"

남궁성웅의 결정에 놀란 무사들이 소리쳤지만, 그마저도 그의 위치로 묵살시켰다.

"어쩌겠는가? 기어이 피를 보려는가?"

그리고 다시 고개를 돌려 이현의 얼굴을 응시한다.

꿀꺽.

긴장감에 남궁성웅의 목울대가 마른침을 삼키며 꿀렁거렸다.

"……."

그런 남궁성웅의 물음에 이현은 말이 없었다.

그 사이에도 남궁가세가가 자랑하는 세 개의 무사대는 이현을 중심으로 움직이며 자리를 잡는다.

은근히 흘러나오는 기세와 함께 일사불란하게 움직이는 그들의 의도는 명백했다.

여차하여 일이 틀어지는 순간 곧장 이현을 향해 검을 휘두르기 위함이다. 또한, 남궁성웅의 의도대로 상황이 여기서 멈추어지도록 위력 시위를 하는 행동이기도 했다.

'거절치 못할 것이다!'

남궁성웅은 대답 없는 이현의 모습을 보면서도 확신했다.

남궁세가가 자랑하는 세 개의 무사대를 상대하는 것은 검왕도 불가능한 일이다. 하물며, 남궁세가의 모든 전력을 상대해야 한다.

그건 아무리 이현이라도 불가능하다.

비록, 그의 손에 검왕이 목숨을 내놓아야 했다 한들 말이다.

하물며 이쪽에서 먼저 물러서며. 이현이 물러설 명분까지 만들어 주지 않았던가.

모든 상황이 남궁성웅이 원하는 대로 돌아갔다.

아니, 돌아간다고 믿었었다.

"주, 죽여라! 가, 감히 대 남궁세가를 업신여긴 저자를 죽여라! 죽이라고! 죽이란 말이다! 이 남궁세가의 삼공자인 남궁방위의 명령이다! 내 팔을 빼앗아 간 저놈을 죽이라고!"

실책이다.

이 자리에는 남궁성웅만 있는 것이 아니었다. 이현과의 마찰로 팔을 잃은 남궁방위 또한 있었다.

침입자의 정체가 이현이란 사실을 알고 얼어 있던 남궁방위가 세 개의 무사대의 합류를 알고 발작하기 시작했다.

이현을 포위한 무사들 맨 뒤편에 서서 하나밖에 남지 않은 팔을 허우적거리며 발작을 일으킨다.

그리고.

남궁성웅을 향하던 이현의 고개가 그쪽으로 돌아갔다.

피식!

웃는다.

'우, 웃어?'

남궁성웅이 이현의 웃음에 당황하는 사이.

"그럼 네가 나서서 죽여 보든가!"

이현이 말했다.

스확!

동시에 검을 휘두른다.

평범한 검이다. 검강은커녕 그 흔한 검기조차 담기지 않은 검이다. 아니, 하다못해 제대로 된 자세도 잡지 않고 장난처럼 휘두른 검이다.

닿을 리 없다. 닿지도 않거니와 설혹 닿았다고 한들 제대로 된 위력을 발하지도 않는다.

아니, 그래야만 했었다.

추확!

남궁방위가 선 방향의 무사들의 허리가 상하로 갈라져 피분수를 쏟아 내고, 놀란 남궁방위의 목이 잘려 그 머리가 허공에 떠오르는 일이 일어나고, 쓰러져 가는 무사들의 몸이 조각조각 갈라지는 일도 없어야만 했다.

그런데 그 일이 눈앞에 펼쳐졌다.

삽시간에 일어난 일.

"……."

남궁성웅은 물론, 남궁가의 무사들 중 누구도 입을 열지 못했다.

눈앞에서 벌어진 일이 대체 어떻게 벌어진 것인지조차 짐작가지 않는다.

오직 남궁성웅만이 어렴풋이 볼 수 있었다.

'칼질 한 번에 세상이 갈라지다니! 아니, 갈라진 세상으로

검기가 빨려 들어가다니!'

장난처럼 휘두른 검 하나가 만들어 낸 결과라 하기에는 지나쳐도 너무 지나쳤다.

적어도 검기라도 있어야 한다. 아니, 제대로 된 자세라도 잡아야 한다.

큰 기술을 펼치려거든 그만한 준비가 필요한 법이었으니까.

헌데, 그 전조 현상도 없이 이런 말도 안 되는 검을 펼쳐 냈다.

남궁성웅의 정신이 멍했다.

하지만 그것이 끝이 아니다.

쿠구구구구궁!

뒤늦게 남궁방위의 뒤편에 자리 잡은 전각이 무너져 내리기 시작했다. 거미줄처럼 실금이 생겨나더니 이내 산산이 부서져 땅 위로 떨어진다.

그 소리가 남궁성웅의 정신을 일깨웠다.

남궁성웅만이 아니다. 비현실적인 상황에 정신을 놓고 있던 남궁가의 무사들 또한 정신을 차렸다.

"노옴!"

무사 하나가 몸을 날렸다.

"놈을 죽여라!"

"감히 대 남궁세가의 핏줄을 해하다니!"

남궁세가의 모든 무인들이 이현을 향해 몸을 날렸다. 그중에는 남궁세가가 자랑하는 최강의 무력집단인 창군정검대와 창천해진검대, 검왕대도 섞여 있었다.

저마다 검 끝에 검기와 강기를 일으킨 그들의 얼굴은 흉신악살과 같이 일그러져 있었다.

당연했다.

남궁성웅의 명령 때문에 아무것도 하지 못하는 사이에 남궁방위가 죽었으니까. 아니, 이미 검왕이 죽었던 순간부터 이현을 향한 그들의 분노는 뼛속까지 스며들어 있었다.

"기어이 피를 보려 작심하였는가!"

남궁성웅도 더는 물러설 수 없게 되었다.

창무위의 목숨을 빼앗고 남궁세가를 침입한 것도 모자라, 세가의 직계 손을 해한 적을 그냥 내버려 둘 수는 없는 노릇이다.

세상이 비웃는다.

당장의 큰 피해를 피하자고 작금의 상황을 모른 척 넘어갔다가는 세상의 비웃음을 사고 말 것이다. 세상이 남궁세가를 비웃는다면 더는 스스로 검왕가라 칭할 자격조차 잃어버린다.

스릉!

검을 뽑은 남궁성웅 또한 이현을 향해 몸을 날렸다.

제왕검형의 강기가 가득 담긴 남궁성웅의 두 눈은 흉흉하게 타올랐다.

비록 그의 형인 검왕에게 묻혀 그 명성이 널리 알려지지 않았다고는 하나, 그의 제왕검법 또한 결코 가볍지 않다. 아니, 음지에서 검왕이 하지 못하는 일들을 대신하여야 했기에 오히려 실전 경험만은 검왕을 앞섰다.

남궁세가의 모든 무인들이 이현을 향해 일제히 검을 뽑고 달려들었다.

그 모습에 이현의 입가에 걸린 웃음이 짙어졌다.

"그래! 이래야 뒤엎을 맛이 나지!"

이현은 즐겁다는 듯 소리쳤다.

그리고 움직였다.

쿵!

강한 진각과 함께 앞으로 몸을 쏘아 낸다.

뒤이어.

퍼석!

발을 들어 가장 선두에 달려들던 무사의 얼굴을 짓밟았다.

그 각력에 무사의 얼굴이 함몰되어 안구가 삐져나오고, 깨진 두개골 사이로 내용물이 터져 나왔다.

이현은 그 반발력을 바탕으로 허공으로 몸을 솟구쳤다.

순식간에 이현의 신형은 무너져 내리는 전각보다 훨씬 높은 곳까지 도달해 있었다.

아직 도약한 여력이 남아 있는 것인지 이현은 그 높은 곳에서 남궁세가의 무사들을 내려다보고 있다.

"놈! 하늘이라고 피할 곳이 있을 성싶더냐!"

남궁성웅이 소리쳤다.

뒤이어.

"기관진식을 발동시켜라!"

명령을 내렸다.

드드드드득!

그 명령에 무사들이 반응했다. 순식간에 사방을 둘러싼 남궁세가 벽면의 외면이 땅으로 내려앉는다. 그리고 외면 뒤에 숨겨진 장치가 드러났다.

벽면을 가득 채운 주먹 크기의 둥근 구멍.

쏴사사사삿!

그 속에서 일제히 내용물이 쏟아져 나온다.

단창이다.

하지만 그 숫자가 수백 수천에 이르면 단순히 단창으로 치부할 수 없다. 이미 그것은 수백수천 명의 궁수가 쏘아 내는 화살보다 강력한 무기다.

그리고.

쿠화하아아아아악!

지면에서 거대한 굉음이 울려 퍼졌다.

그리고 좌우 양쪽에서 치솟기 시작한다. 긴 장검 수백 개가 꽂힌 거대한 나무판이 마치 손뼉 치듯 양옆에서 이현을 향해 치솟고 있었다.

날아드는 수백의 창날을 막아 낸다 해도, 이것만은 막아 낼 수 없으리라.

남궁성웅은 그렇게 확신했다.

입가에 조소를 머금었다.

'본 가가 광도 혜광의 굴욕을 잊었으리라 생각했는가!'

아주 오래전.

남궁성웅과 남궁성왕이 무림에 이름을 얻기도 전에.

남궁세가는 세상이 알지 못하는 굴욕을 당했다. 오늘 이현과 같이 단 한 명의 침입이었다. 하지만, 그 침입에 당시 세가가 자랑하던 고수가 패퇴했고, 당시의 가주가 무릎을 꿇어야만 했다. 그러지 않으면 남궁세가가 무림에서 사라져야만 했으니까.

고작 남궁세가가 오검연의 참가하기를 거부한다는 이유 때문에 벌어진 일이었다.

자존심 강한 남궁세가의 무인에게는 씻을 수 없는 치욕이었다.

남궁성왕과 남궁성웅이 이렇게 무사들을 키우고, 기관진식으로 세가를 뒤덮은 것도 그 때문이다.

광도 혜광에게 당한 그 날의 굴욕을 설욕하기 위해서.

그리고 그렇게 키운 무사와 그렇게 설치한 기관진식이 이제 광도 혜광의 사손뻘인 이현을 향하고 있었다.

악연이라면 지독할 정도의 악연이다.

하지만, 이 악연의 승자는 남궁세가일 것이라고 남궁성왕은 확신했다.

그러니 이것으로 부족하다.

확신을 현실로 만들기 위해서는 더욱더 거칠게 이현을 몰아쳐 그 목을 잘라야 한다.

"검왕대주! 창천진해검대주! 창군정검대주!"

남궁성위의 입에서 빠르게 남궁세가 최강의 무사대의 주인들을 부르는 명칭들이 쏟아져 나왔다.

"충!"

그 목소리에 세 개 대의 대주들이 반응한다.

충분한 실전 경험을 가진 그들은 남궁성웅이 원하는 바가 무엇인지 정확히 인지하고 있었다.

뛰어오른다. 이현을 향해. 확실히 이현의 목을 베어 넘기기 위해.

세 명의 대주가 저마다 검신에 강기를 휘감으며 이현을 향해 날아오르는 모습은 결연함이 가득했다.

그것으로 끝이 아니다.

탓!

남궁성웅 또한 제왕보를 펼치며 날아올랐다.

세 대주보다 훨씬 늦게 뛰어오른 남궁성웅이었으나, 그가 펼친 제왕보의 제왕출세(帝王出世)는 그들을 앞지르는 데 부족함이 없었다.

날개처럼 펼친 그의 검신은 제왕검형의 기운이 가득한 강기가 폭풍처럼 소용돌이치고 있었다.

남궁성웅이 소리쳤다.

"놈! 끝이다!"

그리고 기관진식으로 날아오는 수백수천 개의 창검과, 남궁세가가 자랑하는 네 고수의 합공을 맞이해야 하는 이현은.

"어! 그런 것 같다."

남궁성웅의 외침에 고개를 끄덕이며 검을 휘둘렀다.

이번에도 장난처럼 대충 휘두르는 검이다.

하지만.

소리가 다르다.

쩌억!

허공에 솟구친 상태로 땅을 향해 검을 휘둘렀다.

이번엔 남궁성웅도 확실히 느꼈다.

'세상이 갈라진다!'

검 끝이 지난 경로로 세상이 반으로 갈라지고 있다. 그러나

피하지 못할 정도는 아니다. 급히 몸을 비틀어 갈라지는 균열에서 벗어나는 데 성공했다.

남궁성웅을 스쳐 지나간 그것이 땅으로 떨어져 내렸다.

남궁성웅 뿐만 아니라 나머지 세 대주 또한 이미 이현의 검로에서 벗어난 뒤다.

"하하핫! 대체 어딜 보고 휘두르는 게냐!"

남궁성웅은 득의양양한 모습으로 소리쳤다.

이현의 검이 허무하게 허공을 가른 이상 이미 이 싸움은 끝이 났다.

이제 곧 남궁성웅의 검이 이현에게 닿을 것이고, 뒤이어 세 대주의 검이 도착할 것이다. 아니, 그보다 먼저 발동한 기관진식의 창칼이 이현을 노릴 것이다.

하지만.

"그래! 이거지!"

오히려 이현은 만족스러운 웃음을 짓는다.

그것이 신호였다.

쿠웅!

"큭!"

남궁성웅을 스치듯 지나간 그것이 바닥을 때렸다.

대기가 출렁인다. 마치 내가고수가 쏘아낸 장법을 맞은 듯 남궁성웅은 공력의 흐름이 끊기고 기혈이 뒤틀리는 고통을 느껴야만 했다.

그만이 아니다.

뒤에서 날아오르던 세 대주 또한 남궁성웅과 같은 충격을 받았는지 입에서 피 화살을 쏟았다.

땅 위는 그보다 더 심하다.

공력이 약한 자는 사지 중 하나가 일부가 터져 나가고, 공력이 강한 자는 피 분수를 쏟으며 바닥을 비척거렸다.

뒤이어.

쩌저저적!

이현이 검이 그어진 그대로.

땅이 갈라진다. 단단한 평판으로 장식한 바닥은 곧게 갈라지며 훤히 그 속을 드러냈다.

"이게 무슨 말도 안 되는……!"

발아래 펼쳐진 광경에 놀라 눈을 부릅뜬 남궁성웅의 시선이 다시 이현을 향해 올라갔다.

그리고 이내 멍하니 입을 벌린 채 말을 잇지 못했다.

스. 스슥!

이현의 머리 위로. 아니, 상하좌우 모든 곳에 저절로 검기가 생겨났다.

빈틈없이 하늘을 가득 채운 검기.

그것들이 유성우처럼 아래로 쏟아지기 시작했다.

비단 하늘만이 아니다.

쿠구구구구궁!

하늘에서 일어나는 일들이 땅에서도 일어나고 있었다.

땅거죽을 가르고 땅속에서 검기가 치솟기 시작한다. 대지가 솟구치고, 하늘과 대지에서 솟구친 검기가 서로 부딪치고 엉키며 검기의 소용돌이를 만들어 낸다.

그 속에서 이현의 목소리가 조용히 울려 퍼졌다.

"혼원살신공 제사초. 시산(屍山)…… 혈해(血海)!"

스화!

이윽고 남궁성웅에게도 뒤늦게 들이닥쳤다.

"쿨럭! 큭! 크크크큭!"

남궁성웅은 웃었다. 살아남았다. 그 지독한 아비규환 속에서 용케도 질긴 목숨은 끊어지지 않았다.

마지막 순간 들이닥친 검기에 팔을 내주어야 했지만, 그래도 살아남은 것은 살아남은 것이다.

이현이 마지막에 중얼거린 말처럼.

주위엔 온통 시체가 가득했다. 시체가 쏟아낸 핏물은 무릎 꿇은 남궁성웅의 골반까지 차오른다.

그야말로 시산혈해다.

"대체…… 대체 왜 우리에게 이렇게까지 하는 것인가! 검왕을 죽인 것으로도 모자랐단 말이더냐!"

남궁성웅은 절규했다.

그 절규에.

찰방.

이현이 다가왔다.

"그냥. 시험할 것도 있고."

"시, 시험? 방금 본 그것 말인가?"

"응. 나름 정리는 됐는데 이게 실제로 먹힐 만한 것인지는 시험해 봐야 했으니까."

순순히 고개를 끄덕이는 이현.

그런 이현의 대답에 남궁성웅의 얼굴이 서서히 일그러지기 시작했다.

"고작! 고작 그따위 이유 때문에 본 가를 멸문시켰다고? 그게 말이나 되는 소리인가!"

"그리고 갚아야 할 것도 있고."

펄럭!

흥분한 남궁성웅의 외침에 이현은 품 안에서 종이 하나를 펼쳐 그의 얼굴 앞에 내밀었다.

"······!"

남궁성웅이 눈을 부릅떴다.

"이제 죽어야 할 이유로는 충분한가?"

남궁성웅의 귓가로 이현의 물음이 들려왔다.

그러나 이현은 대답을 필요로 하지 않았다.

퍽!

곧장 손에 쥔 검으로 남궁성웅의 정수리를 꿰뚫어 버렸으니까.

세 번.

안휘 무림의 왕으로 군림하며, 언제나 정파무림의 중추로 그 위치를 잃지 않았던 남궁세가를 지우는 데에는 고작 세 번의 칼질이면 충분했다.

이현은 남궁성웅에게 내밀었던 종이를 바라보았다.

남궁세가. 청검문. 협정문. 운도세가. 하문청가……

남궁세가를 필두로 꼬리에 꼬리를 물고 수많은 문파의 이름이 그 안에 담겨 있었다.

"쓸 만은 하네."

무당파에서 회의 무사와 검을 마주했었다.

이현의 검을 막아 세운 회의 무사의 검은 이현에 비해 모자람이 없었다. 그러나, 더욱 간결하다. 비록 싸우면 진다고 생각하지는 않지만, 그렇다고 그냥 넘어갈 생각은 없었다.

어차피 승패와 생사를 구분하는 것은 한 끗 차이다.

같은 위력이라면 더욱더 간결하고 간편한 쪽이 유리한 것은 당연지사.

그래서 청수진인의 사십구재 동안 이를 연구했다.

그렇게 탄생한 것이 혼원살신공 제사초. 시산혈해다. 아니, 이름만 시산혈해일뿐 따지고 보면 혼원살신공의 일초부터 삼초까지의 모든 검을 단 하나에 담았을 뿐이다.

언제든 펼칠 수 있게 가장 간결한 형태로. 그마저도 형을 두지 않아 어떤 초식으로도 펼쳐 낼 수 있게.

그러니 시산혈해라는 초식명도 어울리지 않다.

그냥 지금껏 익힌 혼원살신공의 모든 것을 묶어 놓은 것이었을 뿐이니까.

이번에 남궁세가를 지워 버린 것도 이것을 시험하기 위함이었다.

또한.

사도련에 합류하기 직전 간저패에게 받은 명단.

무림맹주와 획책하여 청수진인의 소문을 왜곡하고, 사건을 키우는 데 앞장선 무림 문파.

그 선두에선 남궁세가를 비롯한 안휘에서 그 가신을 자청하며 이를 도운 문파들에게 그 빚을 받아내기 위함이었다.

"우선은 하나!"

스윽!

이현은 남궁성웅이 흘린 피를 손가락으로 찍어 종위 위에
남궁세가의 이름을 지웠다.

"다음은 청검문인가?"

이제 고작 하나를 지웠다. 아직 빚을 받아야 할 곳은 많았
다.

*　　　*　　　*

그 날 밤.

"이제 둘."

이현의 살생부에 적힌 청검문이란 글자 위로 붉은 혈선이
그어졌다.

그리고 이튿날 아침.

"셋."

협정문 위로 또다시 붉은 혈선이 그어졌다.

*　　　*　　　*

남궁세가가 몰살당했다는 소식이 전해지기 무섭게, 청검문,
협정문의 몰살 소식이 전해졌다.

불과 한 사람이 한 일이기에 그 충격은 더욱 컸다.

안휘 무림은 뒤흔들렸다.

남궁세가의 멸문은 충격적이긴 해도 이해할 수 있다. 남궁세가와 이현 사이의 악연은 이미 안휘에서는 유명한 일이었으니까.

하지만 뒤이어 청검문과 협정문의 몰락은 이야기가 다르다.

그들은 이현과 직접적인 원한 관계가 없다.

그럼에도 그들이 몰락당했다는 것은.

"그는 우리가 남궁세가와 함께 진인의 죽음을 어지럽혔음을 이미 알고 있소!"

몰살당한 문파는 남궁세가의 가신을 자청하던 문파다.

또한, 남궁세가의 명으로 청수진인의 죽음 이후 그에 대한 소문을 날조하고, 황실이 나설 수밖에 없게끔 일을 부풀리는데 한 손을 거들었던 문파들이다.

그리고 그것은.

안휘에서 남궁세가의 비호 아래 존재해 온 다른 가신 문파 또한 마찬가지다.

이현은 남궁세가부터 시작해 가장 세력이 큰 문파 순으로 찾아가고 있다.

그렇다면 이제 다음 순서는 운도세가다.

아침에 협정문의 몰락이 전해진 이후. 남궁세가의 가신을 자청하던 무림 문파는 모두 운도세가로 모여들었다.

각각의 모든 전력을 동원한 모임이다.

남궁세가마저 무너진 마당에 찾아오는 이현을 이대로 맞아 살아남을 가능성이 없음을 아는 탓이다.

더 늦기 전에 함께 모여 살 방도를 강구하기 위함이다.

그리고 이제.

결정해야 한다.

이현에 맞서 싸울 것인지, 아니면 이대로 굴복해 목숨을 구걸할 것인지.

어쩌면 이현에게 맞서 싸워 이길 수 있을지도 모른다. 비록 남궁세가와 그 가신 문파 중 두 개가 사라졌다고 하나 이곳에 모인 이들의 숫자는 이천을 바라보는 대인원이다.

아무리 남궁세가를 멸문시킨 이현이라도 이 많은 인원을 상대로 이기기는 쉽지 않을 것이다.

하지만.

이현이 유격전을 펼치기 시작한다면?

막을 수 없다.

그들 개개의 문파가 홀로 이현을 상대할 힘을 갖춘 것도 아니었고, 이현쯤 되는 고수의 발을 묶을 능력도 사실상 존재하지 않았으니까.

결국, 그들이 선택한 결론은 하나다.

운도세가에 모인 이천 명의 무인, 열 개의 문파는 모두 대문 앞에 나서 도열했다.

그리고 기다렸다.

그렇게 오후가 되었을 때쯤.

그들이 기다리던 이현이 모습을 드러냈다.

꿀꺽!

허리춤에는 달랑거리는 검을 찬 채 걸어오는 이현의 모습에 그들은 마른침을 삼켜야만 했다.

지금 이 순간이, 그들에게는 생과 사가 결정되는 순간임을 스스로 너무나 잘 알고 있기 때문이다.

그 사이 어느덧 이현의 걸음이 스무 보 앞으로 다가왔다.

그때.

열 개의 문파의 열 명의 대표들이 앞으로 나섰다.

그리고 무릎을 꿇는다. 두 팔로 땅을 짚고 이마를 땅에 박는다. 그 뒤로 그들의 문도들 또한 대표들을 따라 무릎을 꿇었다.

오체투지.

황태자가 무당파를 찾았을 때.

무당파의 제자들이 했던 것과 같이 안휘의 열 개의 문파가 이현을 향해 고개를 조아린 것이다.

열 명의 대표들이 합창하듯 외쳤다.

"감히 청하건대 부디 저희 열 명의 목숨만으로 멈추어 주십시오! 죄 없는 제자들의 목숨만은 보전해 주십시오!"

각 문파를 대표하는 열 명의 목숨으로 죗값을 치른다.

그것이 운도세가에 모인 그들이 내린 결정이었다.

그 간절한 마음에 이현에게 닿았음일까.

"……."

이현의 걸음이 멈춘다.

지독한 정적 속에서 각 대표들은 식은땀을 흘리며 이현의 처분을 기다렸다.

억겁과 같은 찰나의 시간이다.

그리고 그 시간 끝에.

오체투지한 그들의 머리 위로 이현의 목소리가 들려왔다.

"싫은데?"

스확!

청수진인의 사십구재의 마지막을 장식하는 데는,

열 번의 칼질이면 충분했다.

第十章

　단 한 사람.

　이현의 칼끝에 남궁세가가 무너지고, 남궁세가를 따르며 가신을 자청하던 안휘의 무림 문파가 사라졌다.

　소식을 접한 사도련은 빠르게 움직였다.

　곧장 무사들을 파견하여 안휘를 접수하고, 혹시 있을지 모르는 외부의 공격에 대비했다. 때마침 해적을 굴복시키고 복귀하던 적조의혈단의 합류는 사도련의 빠른 뒤처리에 힘을 실어 주었다.

　이로써.

　안휘는 사도련의 손에 넘어왔다.

강북과 강남의 경계에 서서 운하를 끼고 밖으로는 바다와, 안으로는 강으로 이어져 있음에도. 남궁세가와 검왕이란 존재 때문에 수적왕인 초희조차 함부로 넘보지 못한 안휘가 너무나 쉽게 사도련의 수중으로 떨어진 것이다.

사도련의 입장에서는 호랑이 등에 날개를 단 격이다.

이제 모든 수로가 연결되었다. 새로 합류한 해적과의 연계도 자연스럽게 이루어질 수 있다. 어디 그뿐인가. 강북의 물자를 조절할 수 있고, 강북에서 내려오는 무림맹의 공격에도 충분히 대응할 수 있음은 물론, 언제든 강북으로 진출할 수 있는 확실한 발판을 마련했다.

호재다.

이현의 행동이 사도련에게 있어 둘도 없는 호재를 만들어 주었다.

하지만 정작 사도련주의 집무실의 분위기는 무겁게 가라앉아 있었다.

정면에 놓인 넓은 타자 위에는 중원을 표시한 지도가 펼쳐져 있었다.

그리고 그 주위로 사도련주와 이현을 비롯한 호설귀와 옥분. 그리고 정만과 장한곤이 둘러 서 있었다.

"……시험해 볼 것이 있다는 게 이거였소?"

사도련주가 오랜 침묵을 깨고 이현을 향해 물었다.

심각한 분위기에도 아랑곳하지 않고 끄덕이는 이현의 고갯
짓은 한없이 가볍기만 했다.

"맞아. 그리고 뭐 빚도 받을 게 있고."

"빚?"

"내가 은혜는 안 갚아도 원한은 확실하게 갚자는 주의라
서."

"그래서? 모두 받아 냈소?"

"뭐…… 이자 정도는?"

대수롭지 않게 답하는 이현의 태도에 그를 제외한 모든 이
들의 얼굴이 무거워졌다.

"지금 일이……!"

당장 호설귀가 치솟는 화를 참지 못하고 소리치려 했고,

"그냥, 그러려니 하시죠. 원래 저런 인간입니다."

옥분이 그런 호설귀를 막았다.

"후……! 좋습니다! 좋아요!"

그런 옥분의 노력 덕분에 호설귀는 애써 치미는 분노를 가
라앉혔다.

어찌 되었든 이현이 이제 부련주가 된 이상 호설귀도 함부
로 대할 수는 없는 입장이다.

더욱이 혼자 안휘를 작살낸 인간이다.

수백에 달하는 안휘의 무림 방파를 쓸어버린 것은 아니었

지만, 그 핵심이라 할 수 있는 남궁세가와 그 가신 문파는 모두 작살낸 것이 사실이니까.

또한 호설귀는 알고 있었다. 이현은 수틀리면 사도련을 향해서도 검을 뽑아 들 인간임을 말이다.

그러니 일단 화를 가라앉히고 현실을 직시해야 했다.

벌어진 일은 벌어진 일이고, 흘러간 강물은 흘러간 강물이다.

"이제 어쩔 수 없이 정파와 전면전을 벌여야 할 분위기입니다."

호설귀는 현실을 이야기했다.

남궁세가가 무너지고 안휘가 사도련 앞에 떨어졌다. 정파의 입자에서는 절대 이대로 두고 볼 수만은 없는 일이다.

"쉽지 않은 싸움이 될 것입니다. 족히 십여 년은 걸릴 큰 전쟁입니다."

호설귀의 목소리는 무거웠다.

정파와 전면전을 벌여야 한다. 결코 간단히 끝날 싸움도 아니었거니와, 가벼운 희생으로 끝맺음할 싸움도 아니었다.

많은 피를 흘려야 한다. 그보다 많은 물자가 투입되어야 하고, 또 그보다 많은 뒷공작과 전략 전술의 머리싸움이 선행되어야 한다.

총군사인 호설귀의 입장에서는 그야말로 고생문이 훤히 열린 꼴이다.

더욱이 이 전쟁에서 승리하면 전부를 얻게 될 터이지만, 만에 하나 패하게 되면 전부를 잃게 될 것이 분명했다.

"긴 싸움은 개뿔!"

호설귀의 비장한 목소리에 잠자코 듣고 있던 이현이 피식 웃음을 터트렸다.

"그게 무슨 말씀이십니까?"

호설귀의 눈썹이 대번에 치켜 올라간다.

이현은 그런 호설귀의 반응 따위는 아랑곳 앉고 지도를 향해 손을 뻗었다.

그리고.

"여기! 여기! 여기! 여기. 그리고 여기!"

손가락으로 꾹꾹 짚어 댄다.

영문은 모르겠지만, 일단은 장난 같지가 않다.

"그게 무엇입니까?"

그래서 물었다.

왜 이현이 그 다섯 곳을 짚었는가 그 이유를 알아야 했으니까.

그런 호설귀의 물음에.

"혈맥(血脈)."

이현이 히쭉 웃었다.

　　　　*　　　*　　　*

　모두 나가고 호설귀만 남았다.

　애초에 이현이 하는 짓을 보면 사고만 치지 않으면 감사할 따름이고, 사도련주도 딱히 전략 전술에 머리를 쓰는 인간은 아니었다. 정만이나 장한곤은 두말할 나위가 없다.

　그나마 힘을 빌려 볼 만한 인간이 옥분이었지만, 그 옥분도 기대에 미치지 못했다.

　해적을 굴종시키는 과정이나, 지금까지 옥분이 해 온 이들을 보면 머리는 제법 좋은 듯했지만, 체계적인 전략 전술을 익힌 것은 아닌 듯했다.

　그저 본능과 몸에 밴 경험과 잔머리를 바탕으로 임기응변에는 강했으나, 큰 그림을 보고 전체를 설계하는 일에는 그리 적합하지 않은 듯했다.

　그러다 보니 결국 혼자 남게 되었다.

　"혈맥이라니…… 대체 무슨 뜻이란 말인가!"

　지도 위를 바라보는 호설귀의 두 눈이 복잡하게 흔들렸다.

　당장은 뚜렷한 그림이 그려지지 않는다. 그럼에도 이렇게 호설귀가 지도를 보고 매달리는 것은 이현이 남긴 말 때문이다.

자꾸만 이현이 남긴 그 말이 머릿속을 맴돌고 떠나질 않는다.

호설귀는 한참을 뚫어져라 지도를 응시했다.

"무림맹 지부는…… 이런! 여기는 없구나! 혹, 보급 물자가 지나는…… 아니야. 그거야 이쪽으로 돌아가면 그만!"

당장 머릿속에 떠오르는 것들을 하나하나 대조해 본다.

하지만 딱 이거다 하고 들어맞는 것은 없다.

"전쟁에서 필요한 것은 자고로 전쟁에 필요한 물자와 전략 전술을 구상할 정보…… 음? 정보? 아니, 아니다! 정보는 굳이 이쪽을 통할 필요가 없어!"

이것도 아니고, 저것도 아니다.

찾을 수 없는 정답이 승부욕을 자극했다.

호설귀는 아예 호롱을 손에 들고 지도 위를 일일이 비쳐 본다.

그러다 문득.

"그 인간이 이거 그냥 생각 없이 지껄인 것 아니야?"

의심이 들었다.

지금껏 경험해 본 이현은 전혀 머리 쓰는 인간이 아니었다. 최측근이라 할 수 있는 옥분의 증언도 그랬다.

머리보다 말이 먼저 나가고, 말보다 주먹이 먼저 나가는 인간이라고 했다.

한마디로 말해서 일단 주먹으로 때려죽인 다음에, 말하고, 그 뒤에 수습을 생각하는 인간이란 뜻이다.

호설귀와 같은 사람이 가장 상대하기 꺼려 하는 인물이란 뜻이기도 했다.

적이든, 아군이든.

그렇게 풀리지 않은 숙제에 이현을 향한 의심만 커져 갈 때쯤.

화륵!

"앗! 뜨뜨!"

손에든 호롱불이 지도 위로 떨어졌다.

놀란 마음에 급히 손으로 불을 껐지만, 그을음이 남는 것은 어쩔 수가 없었다.

공교롭게도 이현이 짚었던 곳 중 하나다.

"이, 이런! 이걸 또 어쩌나!"

호설귀는 지도 위에 남은 그을음을 지우기 위해 손으로 문댔다. 하지만 이미 생겨난 그을음이 없어질 리 없다.

"이런! 다 번졌구나!"

오히려 없어지긴커녕 더욱더 크게 사방으로 번질 뿐이다.

그리고 그때.

"……아! 이것이었나?"

호설귀는 벼락같이 정신을 관통하는 기운을 느꼈다.

복잡하게 그려진 지도 위에 번진 그을음.

"이래서 부련주가 혈맥이라 하였구나!"

이제야 모든 것이 이해가 된다.

이현이 남긴 숙제. 그리고 그가 남긴 혈맥이란 말까지.

모든 것이 구슬을 꿰듯 하나둘 맞아 들어간다.

"어디 보자!"

급히 다시 지도를 살폈다.

무림맹의 위치. 그리고 무림맹에 속한 정파 문파들의 위치까지. 하나하나 일일이 머릿속에 새겨 놓듯 각인시키며 그림을 그려 간다.

"허허! 어찌 이런 일이 있단 말인가!"

정답을 찾았다.

"이것만 잘 이용한다면 전쟁은 이 년 안에도 끝낼 수 있겠어!"

족히 십 년은 넘게 걸릴 것이라 예상했던 전쟁이 이현의 조언 하나에 이 년으로 줄었다.

어쩌면 그보다 더 걸릴지도, 덜 걸릴지도 모른다.

중요한 것은 어찌 되었든 그 기간이 획기적으로 줄어들었다는 것이다.

뒤이어 감탄이 나왔다.

"그 짧은 시간에 이것을 알아낸 부맹주는 대체 어떤 사람이란 말인가!"

이현이 무림맹에서 보낸 기간은 고작 몇 달.

평생을 정파와 맞서며 머리를 쥐어짜 온 호설귀도 눈치채지 못했던 것을, 이현은 무림맹에서 보낸 고작 일 년도 안 되는 사이에 알아냈다.

호설귀의 시선이 이현이 나가 버린 문을 향했다.

호설귀의 두 눈은 여전히 놀라움이 가시지 않은 채였다.

*　　　*　　　*

'뭐 못 알아내면 어쩔 수 없고.'

호설귀가 이현이 나선 방문을 바라보며 놀라움을 감추지 못하는 사이.

이현은 사도련주와 함께 팔자 좋게 달구경을 나왔다.

머리 쓰기를 강요받는 분위기 속에서 오래 있긴 싫었다.

기실 그가 지도에 그려진 다섯 군데를 짚은 이유는 크게 없었다. 그냥 알고 있기 때문이다. 이미 야율한 때 경험을 해 봤다.

마교와 새외를 손안에 넣고, 사파를 손안에 넣은 뒤로 이현은 본격적으로 정파를 노렸다.

그 와중에 알아낸 것이다. 아니, 정확히 말하면 옥분이 알아냈다. 한창 정파의 무림맹을 반쯤 박살 내고 있을 때쯤.

그 쉬운 방법을 내버려 두고 괜히 생고생했다는 심정에 어렴풋이 기억하고 있는 것이다.

이제 호설귀가 그 해답을 찾든 말든 상관없다.

찾으면 다행이고, 못 찾으면 어쩔 수 없이 몸으로 일단 부딪쳐야 한다.

호설귀가 납득할 만큼 설명하기에는 일단 이현이 그만큼 이해를 하지 못하고 있었다.

한마디로 이현이 무림맹에서 보낸 불과 몇 달의 시간 만에 그 비밀을 알아냈을 것이라는 호설귀의 감탄과 경악은.

착각이다.

완벽한.

그러거나 말거나.

이현의 머릿속에는 이제 지도 따위는 사라진 지 오래다.

그런 이현의 등 뒤로.

"무림맹과의 싸움은 불가피하게 되었소."

사도련주의 목소리가 들려왔다.

"응. 그래야지. 어차피 뭐든 거치적거리는 것부터 먼저 치워야 돼."

이현은 고개를 끄덕였다.

무림맹과의 싸움은 그리 신경 쓰지 않았다.

이미 야율한 때 해 본 일이다. 그때야 무당신검 때문에 오랜 시간이 걸렸지만, 이제는 무당신검은 없다. 아마 지금쯤 무당신검은 신강에서 적성을 살려 열심히 소나 돼지 따위를 도살하고 있을 테니까.

더구나 이현의 무위 또한 과거 야율한 때보다 한층 강해졌다.

'아쉬운 게 있다면 마교 애들을 내 밑으로 끌어들이지 못했다는 것 정도인데…… 뭐, 없어도 상관없겠지.'

야율한 때는 천마를 죽이고 마교를 접수했다. 마교의 무사들을 중원정복에 동원했던 것도 사실이다.

하지만 지금은 그럴 수는 없다.

무림맹에 합류했을 때 듣기로는 마교는 이미 무림맹주의 손에 멸망해서 살아 있는 이는 없다고 했으니까.

그러니 그건 이제 이현이 할 수 있는 일의 밖의 영역이다.

마교의 잔당들이 남아 있을 수도 있지만, 고작 그 정도는 있으나 없으나 차이가 없는 건 똑같았으니까.

그렇게 이현이 혼자 생각을 정리하는 사이.

그런 이현의 뒷모습을 뒤에서 가만히 지켜보던 사도련주가 다시 질문을 던졌다.

"그대의 목표가 무림맹이오?"

이현은 고개를 저었다.

"아니."

"허면?"

사도련주는 재차 질문을 던졌다.

무림맹과의 전쟁을 전혀 망설이지 않던 이현의 모습. 그리고 방금 무림맹과의 전면전을 그저 거치적거리는 것 먼저 치운다는 식으로 말하던 그 말투.

사도련주는 확인해야 했다.

이현의 칼이 어디를 향하고 있는지.

이미 이현과 함께하기로 한 이상 최소한 목적지가 어디인지는 확실히 인지하고 움직여야만 하는 것이다.

그런 사도련주의 물음에.

"황실."

이현이 답했다.

황태자가 죽은 청수진인에게 칼을 겨누었듯이.

"말했잖아. 내가 원한은 꼭 갚자는 주의라고!"

이현의 칼은 황실을 겨누고 있었다.

*　　　*　　　*

칼과 창이 맞부딪치는 금속성이 황궁을 가득 채우고, 곳곳에서 목숨이 떨어지는 비명성이 울려 퍼졌다.

황태자는 걸었다.

등 뒤에 회의 무사를 대동한 채.

그리고 웃었다.

"좋은 소리지 않아?"

황궁을 가득 채운 창칼의 부딪침과 비명성이 황태자에게는 그 어떤 음악보다도 장중하고 달콤하게만 들려왔다.

그렇게 걸었다.

오른손에 뽑아 든 검을 들고 걸어 나가는 그의 앞을 막아서는 이는 아무도 없었다.

그렇게 도착한 곳은 황제의 침소다.

"폐하! 소자 들어가도 되겠습니까!"

문 앞에 선 황태자가 상궁을 물리며 스스로 말했다.

그 물음에.

"들지 마라! 짐은 오늘 너를 보고 싶은 마음이 없구나!"

문안에 황제가 거부의 뜻을 내비쳤다.

"허면 들어가겠습니다."

그럼에도 황태자는 거침없이 문을 열어젖혔다.

툭. 투둑.

거칠게 문을 열어젖힌 탓인지 바닥에 피가 흐른다. 황태자는 고개를 돌려 떨어지는 핏방울들을 바라보았다.

피식.

그리고 실소를 지었다.

그 웃음을 감추지 않고 황제의 앞으로, 아비의 앞으로 다가섰다.

그리고.

쿵!

왼손에 들고 있던 그것을 황제의 앞에 내려놓았다.

"네놈이 기어이 본색을 드러내는구나!"

황태자가 내려놓은 그것을 확인한 황제의 입에서 고성이 터져 나왔다.

황태자가 황제의 앞에 내려놓은 것.

그것은 머리다.

사람의 머리.

그리고 무당파에서 황제의 어지를 대신 전하여 그를 돌아서게 만들었던 태감의 머리이기도 했다.

"한낱 한관 따위가 주제를 모르고 황실의 권위를 침범하기에 그에 합당한 벌을 내렸습니다. 폐하!"

황제의 고성에도 아랑곳하지 않고 황태자는 제 할 말을 했다.

그리고 황제의 앞에 나란히 앉는다.

"뭣들 하는 것이냐! 휘영! 건영!"

분노한 황제가 그의 호위 무사를 호명했다.

금의위의 무관이 아니다. 동창의 환관도 아니다. 오롯이 어둠 속에서 황제만을 지키기 위해 만들어진 그림자들이다.

황제의 명령에 허공이 일렁거렸다.

그러나.

푸확!

그보다 빠르게 회의 무사가 움직였다.

언제 뽑았고, 또 언제 다시 착검했는지도 모른 채 그저 허공에 두 개의 피 분수가 치솟았다.

털썩!

뒤이어 머리 잃은 두 구의 시체가 어전(御前)에 쓰러졌다.

일평생 오로지 황제만을 지키기 위해 키워진 이들의 죽음치고는 너무나 허망한 죽음이다.

이제 이곳에 황제를 지킬 사람은 없다.

황제의 입술이 떨렸다.

"무엇 때문이더냐! 결국 네놈의 계획을 방해하였기 때문이더냐!"

황제의 물음에 황태자는 고개를 저었다.

"이런! 어찌 이리 나약해지셨단 말입니까? 한때는 패황이라 불리시던 분이 말입니다!"

스스로 형제를 모두 죽이고 선황의 목숨까지 빼앗아 황위에 오른 황제.

그것이 현 황제다.

철혈과 같은 황제의 검 앞에 문무백관이 고개를 조아렸고, 천하가 숨죽였다.

그야말로 천자(天子).

젊었을 적의 현 황제는 그 표현이 누구보다 잘 어울리는 사람이었다.

그러나 이제 그것도 옛말이 되었다.

패황이라 불리던 황제의 모습은 찾아볼 수 없고, 그의 권위에 고개를 조아리며 공포에 떨던 문무백관은 사라졌다. 대전엔 간신과 모략꾼들만이 가득하다.

"강해지셔야지요. 강해지셨어야지요."

황태자는 황제를 비난했다.

"폐하께서 나약하시니 세상이 황실을 우습게 보는 것이 아닙니까. 한낱 무뢰배들이 황실의 권위를 넘보는 것처럼! 한낱 무뢰배가 제 어미를 넘본 것처럼!"

황태자는 잠시 말을 멈추었다.

입가에 가득했던 조소는 사라진 지 오래다.

대신 뜨겁게 불타오르는 눈으로 황제를 노려보는 것으로 조소를 대신했다.

그리고.

한 음절 한 음절 씹어뱉듯 멈추었던 말을 이어 갔다.

"그러니 제가 폐하의 권위를 넘보는 것이 아닙니까."

황태자는 본심을 숨기지 않았다.

이미 이제는 돌이킬 수가 없다. 태감의 목을 자르는 순간부터, 그가 포섭한 어림군을 동원하여 황실을 뒤엎은 순간부터 이미 이 모든 일들은 결정된 일이었다.

"이제 그만 황위를 물려 주실 때가 된 것 같습니다. 아바마마."

황위를 요구했다.

"네가 기어이 형제들을 죽이고 이제 나마저 죽이려 하는구나!"

황제의 비난은 아무래도 좋았다.

사황자였던 그가 지금의 자리까지 오기 위해서는 세 명의 황자를 죽여야 했다. 비록 배는 다르지만 같은 형제다.

그 형제를 죽이는 패륜을 저지르고 이 자리에 올랐지만, 황태자는 후회하지 않았다.

스스로 원해서 한 일이었으니까.

아니, 오히려 사라졌던 미소가 입가에 다시 나타났다.

"걱정하지 마십시오. 살려는 드릴 테니까요. 살려서 똑똑히 확인시켜 드릴 것입니다! 소자가! 새로운 이 나라의 황제가 어떻게 천하를 경영해 가는지 똑똑히 보여드리겠습니다. 누구도 황실의 권위를 넘보지 못하는 나라! 감히 우러러볼 수조차 없는 황실의 권위를 소자가 만들 것입니다!"

황실의 절대적인 권위.

그것이 황태자가 원하는 것이었다.

청수진인을 벌할 때 황제가 이를 막지 않았더라면, 그가 황제에게 이빨을 드러내는 것이 지금은 아니었을 것이다.

하지만 흘러간 이야기다.

이제 모든 건 끝났다.

"여보아라! 밖에 누구 없느냐!"

황태자가 말했다.

그 말에.

"예! 폐하!"

전하가 아닌 폐하라는 말로 화답이 돌아오며 두 명의 어림군이 모습을 드러냈다.

"선황께서 이곳이 마음에 들지 않으시는 모양이다. 선황께 어울리는 침소로 안내하거라."

"예! 폐하! 황제 전하의 명을 받들겠나이다."

눈앞에 황제가 있음에도 어림군은 황태자를 향해 황제라 칭했다.

그리고

"이것 놓지 못하겠느냐!"

격렬하게 반항하는 황제의 양팔을 붙잡고 침소에서 끌어내기 시작했다.

그런 황제의 뒷모습을 바라보며 황태자가 낮게 읊조렸다.

"지켜보십시오. 저는 아바마마와 다릅니다!"

그것은 황제에게 하는 말이 아닌 황태자 스스로에게 하는 말이었다.

그렇게 황태자의 즉위식은 끝났다.

"……좋군!"

여전히 선황의 두 호위무사의 시체와 태감의 머리가 나뒹구는 황제의 침소를 바라보며 황태자는 만족한 듯 고개를 끄덕였다.

그런 황태자에게.

"너무 서두르셨습니다. 변경에 나간 대장군을 비롯한 문무백관들 중 아직 선황을 지지하는 이들이 많습니다."

내내 침묵을 지키던 회의 무사가 말했다.

너무 일찍 움직였다. 예정대로라면 아직 몇 년은 뒤에 일어날 일들이다. 여전히 황제를 지지하는 신하들이 있는 한, 황태자의 이번 거사 이후에 찾아올 후폭풍은 결코 가볍지 않다.

자칫 내전으로 번질지도 모르는 일이다.

하지만.

짜악!

"무례하구나! 누가 감히 네 생각 따위를 말하라 했나!"

황태자의 손이 회의 무사의 얼굴에 날아들었다.

무섭게 노려보는 황태자의 시선에 회의 무사는 결국 고개를 숙여야 했다.

"……죄송합니다. 폐하."

어찌 되었든 그는 이제 황제다. 그리고 회의 무사는 그의 종일뿐이다.

황제가 아닌 황태자일 때부터. 아니, 사황자였을 때부터.

그러니 따라야 한다.

고개를 숙이는 회의 무사의 태도에 그제야 황태자의 얼굴이 풀어졌다.

그 또한 아는 것이다.

지금 회의 무사의 태도는 마음에 들지 않았으나, 아직은 필요하다. 그의 권위에 반기를 들고 수긍하지 못하는 이들을 굴복시키기 위해서는 특히나 더.

황태자는 짐짓 아무런 일도 일어나지 않았다는 듯 자리에 앉았다.

그리고.

"신마가 전보다 강해졌더군."

새로운 이야기를 꺼낸다.

"혈천신마. 아니, 요즘은 무당신마라 불린다지?"

야율한.

아니, 이현에 대한 이야기다.

"······예."

회의 무사 또한 그런 황태자의 물음에 고개를 끄덕였다.

"자, 이제 그가 어떻게 나올까? 또 중원을 정복하려 할까?"

기억하고 있었다.

천마가 혈천신마를 기억하고 있었듯.

황태자 또한 혈천신마를 기억하고 있었다.

〈다음 권에 계속〉

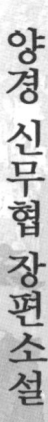